Karnevals-Raketen

Band 10

15 Büttenreden und Zwiegespräche

BERGWALD-VERLAG · DARMSTADT

Das Vortragsrecht für öffentliche Darbietungen
vermittelt der Verlag

ISBN 3-8069-0276-3

Alle Rechte vorbehalten
Gesamtherstellung: Druckerei Klemens Bauer, Recklinghausen
Titelzeichnung: Hans Thönes
Printed in Germany

Inhaltsverzeichnis

		Seite
Ein Steward vom Luxusliner. . .	Josef Brecher . .	5
Zwei Nachbarinnen	Käthe Moll u. Anni Schmitz . .	8
Ein Pensionär	Willi Dingler . . .	13
Et Julchen	Marita Köllner . .	16
Ne Trötemann	Karlheinz Jansen . .	20
Klein Schlauköpfchen und Groß Doofi	Heidi Spies . . .	23
Ein Dienstmädchen	Franz Unrein . . .	28
Ein geplagter Ehemann	Heinz Otten . . .	30
Ne Blötschkopp	Kurt Freischläger . .	34
Pit und Pat	Heinz Otten . . .	37
Jupp, der Unpolitische . . .	Hans-Jürgen Loschek	41
Mariechen	Heidi Spies . . .	44
Ein Mann aus dem Volke . . .	Willi Dingler . . .	47
Tina und Stina	Heinz Otten . . .	50
Ein Straßenbahner	Franz Unrein . . .	55

Ein Steward vom Luxusliner

Büttenrede von Josef Brecher

Meint der Kapitän zu mir, als es losgeht: „Wie sieht's denn aus bei den Passagieren?" Ich sage: „Alles o.k. und immer wieder dumme Fragen. Zum Beispiel fragte mich eben eine junge Frau: ‚Warum heißt diese Fahrt denn Jungfernfahrt?' Ich habe ihr geantwortet, sie soll mich nach ein paar Nächten noch einmal fragen."

Dann habe ich ihr noch gesagt: „Wenn Sie allerdings unserem Steuermann in die Hände fallen, wird es für Sie eine anstrengende K r e u z -Fahrt!"

Eine bildschöne Volksschullehrerin, mit der ich mich direkt angefreundet hatte, kam gestern abend mit mir ins Gespräch. Ich sage: „Als Lehrerin müssen Sie doch sehr gut rechnen können." Meint sie: „Na hören Sie mal, Rechnen ist meine Stärke!" Ich sage: „Dann rechnen Sie mal damit, daß ich heute nacht an Ihre Kabinentüre klopfe."

Du machst ja noch keinen Schritt übers Deck, ohne irgend etwas gefragt zu werden: „Steward, gehen Schiffe öfter unter?" Dann antworte ich: „Gnädige Frau, in der Regel jedes nur einmal!"

Dann fragen die weiter: „Steward, wenn das passiert, wie lange dauert es, bis man wieder festen Boden unter den Füßen hat?" Ich sage: „Meistens so etwa zwei bis drei Kilometer." Wenn dann auch noch gefragt wird: „Und in welche Richtung?" antworte ich: „Nach unten, gnädige Frau, nach unten!"

Und Marotten haben die Fahrgäste! Ich komme in die Kabine der gräflichen Witwe. Hat die doch in der Ecke der Kabine eine lebensgroße Nachbildung ihres Verblichenen stehen. „Ja", sagt sie, „da staunen Sie, mein Seliger wie er war, ganz naturgetreu von Madame Tussaud nachgebildet." Ich sage: „Das ist ja alles schön und gut, aber verraten Sie mir mal, warum er einen Arm ausgestreckt hat und in der Hand eine Kerze hält." Lacht sie und sagt: „Ich sagte doch, naturgetreu! Er war immer schon ein Armleuchter!"

Sagt sie zu mir: „Es ist aber ein beruhigendes Gefühl, wenn ich nachts wach werde und ein Mann ist bei mir. Ich habe nämlich eine furchtbare Angst, wenn zum Beispiel nachts ein Gewitter kommt. Ich fürchte mich dann fast zu Tode." Ich sage: „Aber, aber, Gnädigste, wir sind doch bemüht, unseren Passagieren den Aufenthalt an Bord so schön wie möglich zu machen. Also, wenn nochmals ein Gewitter kommt, rufen Sie nach mir und ich bleibe bei Ihnen." Schaut sie mich vielsagend an und meint: „Genügt nicht schon ein bißchen Wetterleuchten?"

Wenn wir mit dem Luxusliner in die südlichen Länder kommen, wird in manchem Passagier der Frühling wach. Nicht so bei dem jungen Staatsanwalt, der mit einem bezaubernden Teenager jeden Abend nach Sonnenuntergang still in einer leeren Ecke saß und ihr das Händchen festhielt. Ich habe ihn mal angesprochen. Ich sage zu ihm: „Herr Staatsanwalt, ich verstehe Sie nicht. Sie sind ein junger Mann, die Kleine ist ein Superstar und immer nur Händchen halten." Sagt der: „Warten Sie nur bis übermorgen, dann geht's rund, dann wird sie sechzehn!"

Meint eine nicht mehr taufrische Jungfrau zu mir: „Steward, ich komme keine Nacht mehr vor zwei, drei Uhr zum Schlafen. Immer so gegen zehn Uhr klopft ein älterer Matrose an meine Kabinentür und begehrt Einlaß." Ich sage: „Na und, lassen Sie ihn doch." Sagt sie: „Das tue ich ja auch – – – aber das dauert!"

Als wir ins Nil-Delta einliefen, hatte ich wieder so eine alte Zicke am Hals, die mich schon die ganze Fahrt über mit Fragen kitzelte: „Steward, kann ich hier im Nil auch mal schwimmen gehen?" Ich sage: „Aber gewiß doch, gnädige Frau!" Sagt sie: „Gibt es denn hier keine Haifische?" Ich antworte: „Gnädigste können hier unbesorgt schwimmen gehen, wo Krokodile sind, gibt's keine Haifische."

Und jedes Jahr die gleichen Gesichter! Ich schüttele immer mit dem Kopf, wenn ich die älteren Paare so Hand in Hand übers Deck spazieren sehe. Wenn die Frauen dann gerade nicht schauen, dreht er sich verstohlen nach hübschen Mädchen um. Wie oft habe ich den Brüdern schon gesagt: „Hier an Bord gibt's das herrlichste Frischfleisch und ihr schleppt jedesmal eure Konserven an!"

Ein alleinstehender Junggeselle aus dem Kohlenpott wollte im Vertrauen von mir wissen, ob auch alleinstehende Mädchen mitfahren.

Ich sage: „Logisch, zum Beispiel die Blonde da drüben an der Reling. Aber da müssen Sie schon einen Hunderter für die Unterhaltung hinblättern. – Oder da, die schwarze Schönheit, da sind es aber schon zweihundert und bei der Rothaarigen werden es mindestens vierhundert sein." Sagt der ganz erbost: „Gibt es denn hier auf dem Schiff überhaupt keine anständigen Frauen?" Ich sage: „Die gibt es sicher – aber die kannst du nicht bezahlen!"

Und überall, wo über längere Zeit Männer zusammen sind, wird ein Stammtisch aufgezogen. So ein paar Protze hatten mich eingeladen. Ich komme abends zu unserem Mixer Freddy in die Bar, schaue mich um und frage: „Na, ist noch keiner von den Blödmännern da?" Sagt der: „Nein, du bist der erste!"

Gestern kam so ein alter Genießer aus Hamburg zu mir und sagt: „Hören Sie mal, als Steward sind Sie doch zur Ersten Hilfe verpflichtet." Ich sage: „Und ob, mein Herr, wo brennt es denn?" Meint er: „Dann hilf mir mal mit fünfzig Mark aus. Ich möchte mir nämlich in der Bar den Hintern vollaufen lassen." Ich sage: „Aber mein Herr, ich war noch nie mit fünfzig Mark zu so einem Unterfangen in der Bar." Sagt der: „Macht nichts, dann leihen Sie mir hundert Mark und ich nehme Sie mit."

> Eine Seefahrt die ist lustig,
> eine Seefahrt die ist schön,
> du kannst Meer und fremde Länder
> und die tollsten Typen sehn.
> An Bord erlebst du schöne Stunden
> und dies jeden Tag aufs neu,
> zähl'n Sie bald zu unsern Kunden!
> Na bis dann alaaf ahoi!

> Alaaf!

Zwei Nachbarinnen

Damen-Zwiegespräch
von Käthe Moll und Anni Schmitz

Frau Schmitz: Ach, die Frau Schulz! Hatten Sie bei mir geklingelt, um wieder mal ein kleines Schwätzchen zu halten?
Frau Schulz: Ja, ich hatte eine Auseinandersetzung mit meinem Mann, und wissen Sie, was der mir zum Schluß zurief: „Alte Quasselstrippe, scher dich zum Teufel!" – Da bin ich zu Ihnen gekommen.

Frau Schmitz: Warum haben Sie sich denn mit Ihrem Herrn Gemahl wieder zerstritten?
Frau Schulz: Wissen Sie, was der mir zu meinem dreißigsten Geburtstag geschenkt hat? Nein? Ein riesengroßes Sparschwein mit soo einer Schnauze und einem gekringelten Schwänzchen.
Frau Schmitz: Na, das sieht Ihrem Mann mal wieder ähnlich!

Frau Schulz: Naja, so schlimm sieht er ja nun wieder nicht aus. Und das mit dem gekringelten können Sie wohl nicht beurteilen oder doch?

Frau Schmitz: Übrigens hört man in der letzten Zeit, daß Ihr Mann Sie schon mal verprügelt.
Frau Schulz: Ach ja, er ist so kleinlich geworden. Zuletzt hat er mich sogar verprügelt, weil ich mir ein bißchen Spaß erlaubt hatte.
Frau Schmitz: Soso, mit wem hatten Sie denn den Spaß?
Frau Schulz: Einmal mit dem Hausmeister und zweimal mit dem Fernsehtechniker.

Frau Schmitz: Ich habe gehört, Ihre älteste Tochter hat ihren geschiedenen Mann zum zweitenmal geheiratet. Glauben Sie denn, daß der sich geändert hat, dieser kleine mickrige Buchhalter?
Frau Schulz: Und ob, der hat sich nicht geändert, sondern verändert. Früher war er der Buchhalter, heute gehört der Laden ihm!

Frau Schmitz: Ist ja auch besser für Ihre beiden Enkel. Die sind ja auch schon so groß, daß die bald in die Firma ihres Vaters einsteigen können.
Frau Schulz: Wo denken Sie hin! Mit denen haben wir andere Pläne. Deren Berufszweig zeichnet sich doch schon in den Schulzeugnissen ab. Der eine ist hochintelligent, geschickt und anständig – und der zweite geht eben in die Politik.

Frau Schmitz: Haben Sie schon gehört? Der Herr Lehmann ist der alten Klatschtante durchgebrannt. Vor vier Wochen haben die im Fernsehen die Milchreklame von B&B aus Holland gesehen. Er wollte am anderen Morgen so ein Döschen kaufen – und ist nicht mehr zurückgekommen.
Frau Schulz: Und, was macht sie jetzt?
Frau Schmitz: Sie trinkt ihren Kaffee ohne Milch.

Frau Schulz: Meine jüngste Tochter will nun auch in den Stand der Ehe treten. Sie heiratet einen Veterinär.
Frau Schmitz: Oh Gott, einen Veterinär! Das ist doch so einer, der immer vom letzten Krieg erzählt.

Frau Schulz: Mit Ihrer Intelligenz scheint es auch nicht weit her zu sein. Sie meinen einen Veteran. Nein, meine Liebe, ein Veterinär ist doch einer, der kein Fleisch ißt!

Frau Schmitz: Ich spreche ja nicht gerne über junge Leute, aber ich habe im dunklen Keller gehört, wie Ihre sechzehnjährige Tochter zu Willi, dem Antennenmann flüsterte: „Unsere Liebe ist fast wie dein Beruf. Wir liegen auf der gleichen Wellenlänge, zwischen uns gehen die Funken hin und her. Du bist mein süßer Sender und ich bin dein lieber Empfänger."

Frau Schulz: Dann sollen die beiden aber aufpassen, daß in neun Monaten kein kleiner Lautsprecher dazukommt.

Frau Schmitz: Ich spreche ja bestimmt nicht gerne über andere, aber die jungen Leute, die im Parterre eingezogen sind, müssen sich doch prächtig verstehen. Ob das wohl Eheleute sind?

Frau Schulz: Da weiß ich Bescheid! Sicher sind das Eheleute! Er ist mit einer Berlinerin und sie mit einem Stuttgarter verheiratet.

Frau Schmitz: Ich habe einmal überschlagen. In unserem Haus wohnen jetzt sechs Junggesellen und die junge Studentin, die letzten Monat eingezogen ist, kommt jeden Morgen aus einer anderen Junggesellenwohnung heraus. Das scheint mir ein Flittchen zu sein!

Frau Schulz: Nein, nein, das ist ganz normal heute. Sie ist eine Austauschstudentin.

Frau Schmitz: Ich habe gehört, der Junge von Bellmanns ist zum Studium nach Köln gezogen.

Frau Schulz: Ja, ja, er hat auch schon ein Zimmer gefunden und die Lage genau seinen Eltern beschrieben. Er schrieb: „Von meinem Zimmer aus sind es genau zwei Minuten bis zu einer verrufenen Kneipe. Es sind genau zehn Minuten von hier aus bis zum Fußballstadion und das Schönste, mit der Straßenbahn genau fünf Minuten bis zum Eros-Center." – Nur, wie weit es bis zur Uni ist, weiß er noch nicht.

Frau Schmitz: Haben Sie schon gehört, der Bengel von Stratemanns sitzt schon wieder im Knast. Der hat wieder Sachen gefunden, die andere noch gar nicht verloren haben. Der Ärmste, und dabei ist an allem nur sein Geburtsfehler schuld.

Frau Schulz: Wieso? Ich habe noch gar nicht bemerkt, daß der Junge einen Geburtsfehler hat.

Frau Schmitz: Doch, doch, der hat zu lange Finger.

Frau Schulz: Sie wissen doch im Haus über alles Bescheid. Was war denn gestern abend im Hause los, als die Feuerwehr mit Notarzt und Rettungswagen hier anrückte?

Frau Schmitz: Ach, der kleine Max von Müllers hatte eine Mark verschluckt und drohte zu ersticken. – Aber alle rückten unverrichteter Dinge wieder ab.
Frau Schulz: Das grenzt ja an ein Wunder!
Frau Schmitz: Wunder? Der Untermieter von Breuers ist bei der Steuerfahndung. Der holt, egal wo auch immer, den letzten Pfennig aus der äußersten Ecke.

Frau Schulz: Unser Haus ist ja auch nach so einem Schnellverfahren gebaut worden. Bei den dünnen Wänden hört man ja alles, was nebenan geschieht, ob man will oder nicht.
Frau Schmitz: Da haben Sie recht. Seit gestern nacht glaube ich sogar wieder, daß es etwas Schnelleres gibt, als einen Gedanken.
Frau Schulz: Etwas Schnelleres als einen Gedanken gibt es nicht!
Frau Schmitz: Sie Ärmste, dann hätten Sie letzte Nacht einmal den Besuch der jungen Witwe Kunz hören müssen. Als nach zwei Minuten das Licht ausging, sagte er zu ihr: „Donnerwetter, das ging ja schneller, als ich dachte!"

Frau Schulz: Ihre Siebzehnjährige kam gestern, ich hab's natürlich rein zufällig gesehen, so freudestrahlend nach Hause.
Frau Schmitz: Ja, ich habe ihr immer gesagt: „Wenn meine Kleine immer schön brav ist, bekommt sie von Mami ein silbernes Armbändchen." Gestern sagte sie freudig zu mir: „Du mit deinem brav sein und silbernes Armbändchen! Ich war bei meinem Chef nach Feierabend einmal nicht brav und da habe ich sogar ein goldenes Armbändchen bekommen!"

Frau Schulz: Haben Sie schon einmal in die Wohnung unseres Hausmeisters geschaut? Die ganzen Wände hängen voll von Speiseresten und Tellersplittern.
Frau Schmitz: Ja, ja, die Ärmste kann nicht kochen.
Frau Schulz: Ich weiß, aber sie tut es trotzdem.

Frau Schmitz:	Es geht mich zwar nichts an, aber die junge Frau Strietzel läßt ihren Mann, so hat sie mir gesagt, nur noch einmal in der Woche zu sich ins Bett.
Frau Schulz:	Nur einmal in der Woche? Dann hat er doch den Vogel abgeschossen! – Der Mann vom Elektrizitätswerk darf bei ihr nur einmal im Monat!
Frau Schmitz:	Nun muß ich aber schnell weg. Ich will die junge alleinstehende Frau vom ersten Stock im Krankenhaus besuchen. Sie wissen doch, die man vorige Woche mit Blinddarm eingeliefert hat.
Frau Schulz:	Ja, ich weiß. Ist sie denn schon operiert?
Frau Schmitz:	Operiert? Der Blinddarm ist von selbst gekommen, sieben Pfund schwer und achtundvierzig Zentimeter lang!

Zum Tratschen gibt's tagein, tagaus
über jeden etwas in unserm Haus.
Im Grunde geht's uns gar nichts an,
man kümmert sich drum nur dann und wann.
Dafür ist man eben Frau,
auf Wiedersehen, alaaf und helau!

Ein Pensionär

Büttenrede von Willi Dingler

Ich habe aber auch ein Pech! Ist doch unser Dienstmädchen abgehauen! Hat die meiner Frau einen Zettel hingelegt, auf dem stand: „Umständehalber kündige ich. Ihren alten Kinderwagen habe ich mitgenommen. So wie ich Ihren Mann kenne, brauchen Sie den sowieso nicht mehr!"

Kam gerade mein Kumpel vorbei. Habe ich den gefragt: „Kannst du mir einen Tip geben, was ich meiner Frau zum Hochzeitstag schenken soll?" Meinte der: „Nun ja, ich kaufe meiner Frau eine Kette." Ich ganz erfreut: „Eine prima Idee! Meine läuft auch immer weg."

Zu unserer goldenen Hochzeit wurde dann groß gefeiert. Wir hatten uns extra einen Drehorgelspieler bestellt. Der hatte einen niedlichen Affen auf seinem Leierkasten sitzen und spielte alles, was man ihm zurief. Ich rufe: „Der Affe hat ins Bier gepinkelt!" Meinte er: „Das Stück kenne ich nicht, dafür habe ich keine Noten."

Beim Tischdecken hat meine Schwester etwas geholfen. Da sehe ich doch, wie die mit dem Taschentuch die Teller abwischt! Ich sage: „Bist du wahnsinnig, mit dem Taschentuch die Teller auszuwischen!" Meint die doch ganz trocken: „Reg dich nicht auf, das Taschentuch kommt doch sowieso in die Wäsche."

 Zum Kaffee gab es selbstgebackenen Baumkuchen. Der war prima! Also ehrlich, den benutzen wir heute noch als Fußbänkchen.

Ich sage zum Herrn Schmitz: „Ist Ihre Frau immer so still?" Antwortet der: „Da müssen Sie die mal essen hören!"

Im Treppenhaus begegnet mir die Frau Müller. Die ist vielleicht dick! Also ehrlich, das einzige, was die ohne umzuändern tragen kann, ist ein Schirm.

Eine Bekannte bewunderte unseren Ausziehtisch. „Nein", schwärmt sie, „so einen Ausziehtisch hätte ich auch gerne." Sagt ihr Mann: „Quatsch, was soll das? Seit zwanzig Jahren ziehen wir uns auf der Bettkante aus! – Was soll der neumodische Kram?!"

Als dann alle Gäste gegangen waren, konnten wir endlich schlafen gehen. Meinte meine Frau: „Ich weiß gar nicht, damals vor fünfzig Jahren, da konnte ich nicht schnell genug die Strümpfe ausziehen – und heute könnte ich mir bequem ein paar stricken!"

Bohrte sie weiter: „Bist du mir auch immer treu gewesen?" Ich: „Aber sicher! Nur ein einziges Mal war ich dir untreu." Meint sie: „Siehst du, das eine Mal könnten wir jetzt gut gebrauchen."

Am nächsten Tag kommt sie vom Einkaufen zurück und sagt ganz stolz: „Stell dir vor, da hat mich doch im Geschäft einer mit ‚Fräulein' angeredet." Ich sage: „Wie soll auch einer drauf kommen, daß dich jemand geheiratet hat."

Mittags kam mein Schwiegersohn auf Besuch. Ich frage ihn: „Wie gefällt dir denn deine neue Arbeit?" Er nickt und meint: „Ganz prima, der Chef ließ mich kommen und sagte zu mir: ‚Also, hier in meinem Betrieb herrscht Zucht und Ordnung. Hier gibt es keine abartigen Typen! – Jetzt geben Sie mir ein Küßchen und dann ran an die Arbeit!'"

Ich frage ihn weiter: „Wie ist es denn mit dem Nachwuchs?" Meint der: „Wir haben schon alles versucht, sogar Zucker auf die Fensterbank gelegt, aber es hat nichts genutzt." Ich sage: „Legt doch mal Spaghetti an die Fenster." Fragt der ganz erstaunt: „Was soll das denn?" Ich antworte: „Man weiß ja nie, vielleicht kommt ein Italiener!"

Aber dann hat es doch noch geklappt. Es war etwas unterwegs. Ehe wir in Ferien gefahren sind, haben wir sie gebeten, uns ein Telegramm zu schicken. Aber nicht „Kind angekommen" erwähnen, sondern ‚Melone', damit wir in der Pension keinen ausgeben müssen. Acht Tage später kommt ein Telegramm mit folgendem Wortlaut: „Melone, Melone, eine mit Stiel und eine ohne!"

Als wir wieder nach Hause kamen, war auch der Opa da. Ich frage: „Opa, wie geht es dir? Was macht eigentlich der Papagei, den wir dir zum Geburtstag geschenkt haben?" Meint er: „Och, der hat prima geschmeckt!" Ich schreie ihn an: „Was, du hast ihn gefressen?! Der hat dreihundert Mark gekostet, der konnte sogar sprechen!" Sagt der Opa traurig: „Tut mir leid. Warum hat er dann nichts gesagt?"

Dann kamen auch unsere beiden jungen Nichten zu Besuch. Die Susi hatte einen festen Freund und die Gabi hatte gerade geheiratet. Frage ich am anderen Morgen die Susi: „Na, wie war das Schäferstündchen gestern?" Brummt sie: „Hat nicht stattgefunden. Der Hammel ist nicht gekommen."

Meint meine Frau zu ihr: „Seit wann rauchst du denn heimlich?" Entrüstet sich die Susi: „Ich rauche überhaupt nicht!" Hebt meine Frau eine Schachtel vom Fußboden auf und sagt triumphierend: „Und wo kommt die leere Packung Blausiegel her?!"

Beim Frühstück habe ich Gabis jungen Ehemann gefragt: „Na, wie war die Hochzeitsnacht?" Sagt er: „Es ist fast wie beim Schachspiel: Man kann machen, was man will, hinterher ist man immer matt!"

Motzt seine Gabi: „Gib nicht so an, von wegen matt! Die halbe Nacht hat er geschwärmt: ‚Oh, dieses Gebirge, – das Tal, – diese reizende Wiese!' und dann ist er eingeschlafen, die Niete. Da habe ich ihn wachgerüttelt und zu ihm gesagt: ‚Wenn nicht bald ein Baum auf der Wiese steht, dann wird die verkauft!'"

Als Pensionär könnte man so herrlich in Ruhe leben,
würde es keine zänkischen Frauen geben,
aber ohne sie würde das Leben auch keine Freude machen,
was gibt es Schöneres als ein herzliches Lachen.

A l a a f !

Et Julchen

Damen-Büttenrede von Marita Köllner

Wir Frauen haben einen ganz einfachen Geschmack... Männer!!

Bevor ich meinen Josef heiraten wollte, sind wir zum Pastor gelaufen. Zu dem sagte mein Auserwählter: „Am Sonntag wollen wir heiraten." Da meint der Schwarze: „Liebe Leute, so schnell geht das aber nicht!" Darauf der Josef: „Hören Sie mal! Uns ist das ganz egal, wie Sie das machen. Wir fangen auf jeden Fall am Samstag an!"

Gestern habe ich das erste Mal für meinen Seeleoparden gekocht. Der Doktor meint, in acht Tagen könnte er wieder arbeiten gehen.

Nicht, daß ihr meint, der wäre faul gewesen. Nein, der hat sich sogar geistig betätigt. Kommt der doch ganz aufgeregt angelaufen und ruft: „Liebelein, ich habe einen ganz neuen Ofen erfunden. Du brauchst nur noch etwas Papier und schon ist es warm!" Ich sage: „Du jecker Kerl! Brauchst du denn dafür keine Kohlen und kein Öl? Wie soll das denn gehen?" Meint er ganz stolz: „Ja, der Ofen ist aus Sperrholz!"

Als er wieder gesund war, wollten wir zwei zur Schwiegermutter fahren. An der Rolltreppe zum U-Bahn-Schalter ging das Theater schon los. Dort stand ein großes Schild: Auf der Rolltreppe müssen Hunde getragen werden! Zuckte der Josef zusammen und sagt: „Du lieber Gott, wo kriege ich denn jetzt einen Hund her?"

Am Bahnhof dann endlich angekommen, bin ich direkt zum Schalter gegangen. Ich sage zu dem Beamten: „Zweimal Willig." Da sagt der doch zu mir: „Komm rein, einmal kann ich."

Ich sage: „Hören Sie gefälligst mit dem Quatsch auf, wann kommt der Zug denn an?" Meint er: „Der D-Zug kommt in fünf Minuten, der Personenzug in zwei Stunden. Trotzdem würde ich den Personenzug nehmen, der hält nämlich hier."

Wir waren kaum bei meiner Schwiegermutter angekommen, fing die doch an zu weinen: „Ich lasse mich scheiden wegen seelischer Grausamkeit!" Ich frage: „Was war denn los, liebe Schwiegermutter?" Schluchzt sie: „Mein Ehegespenst hat mir die Waage um fünf Kilo vorgestellt und ich habe vor lauter Schreck den ganzen Garten umgegraben!"

Ich tröste sie: „Nun rege dich bloß nicht so auf. Komm, laß uns ein Stück Kuchen essen, damit du wieder zu Kräften kommst." Im Café sage ich zu meinem Josef: „Mausebärchen, sieh mal, der Mann am Nebentisch guckt mich schon die ganze Zeit so liebevoll an." Meint mein Süßer: „Ja, ja, den kenne ich. Das ist ein Antiquitätenhändler."

Damit ich wieder versöhnt bin, ist mein Ehehengst zum Theater getrabt, um mich mal fein auszuführen. Er sagt zu der Frau an der Kasse: „Ich hätte gerne zwei Karten für heute abend." Darauf die Verkäuferin: „Für Tristan und Isolde?" Meint er: „Nein, für mich und meine Frau!"

Auf dem Weg zum Theater bin ich vielleicht erschrocken. Ich sage: „Um Gottes willen, du hast ja dein Gebiß vergessen!" Sagt der doch: „Na und? Ist Tristan und Isolde denn etwas zum Lachen?"

Ich habe mich ja extra ganz fein gemacht und mich mit meinem dicken Hintern in eine hautenge Hose gezwängt. Ich sage: „Holunderbärchen, sieh mal, das Modell heißt ‚Capri'." Da lacht der mich aus und sagt: „Samtpfötchen..., Capri ist eine Insel und kein Erdteil!"

Und da haben wir uns ganz unauffällig in die Wolle gekriegt. Abends wurde es dann zu Hause auch ein bißchen laut. Plötzlich schellt das Telefon und da brüllt mich doch so ein Verrückter an: „Wenn Sie nicht sofort Ihren Ehekrach beenden, dann hole ich die Polizei!" Ich sage: „Das kommt überhaupt nicht in Frage, ziehen Sie doch in eine andere Straße!" Darauf der ganz wütend: „Hören Sie mal, ich wohne in einer anderen Straße!"

Auf einmal fing mein Königstiger an zu heulen: „Wenn ich bis morgen keine dreihundert Mark zusammen habe, dann erschieße ich mich!" Fleht der mich an: „Kannst du mir denn nicht helfen?" Ich sage: „Hängebauchschweinchen! Wie soll ich denn so schnell an eine Pistole kommen?"

Da hilft nur eins, Geld muß her! Du wirst Beamter!

Weißt du eigentlich, welches der höchste Feiertag der Beamten ist?" Mein Josef schüttelt den Kopf. Ich sage: „Siebenschläfer!"

Und so blöd wie mein Bärchen ist, wurde der prompt bei der Stadt angenommen! Aufgrund seiner ausgebildeten Schönheit haben sie ihn im Museum eingesetzt. Freudestrahlend kommt er am Abend heim und sagt: „Liebling, heute habe ich einen Bombeneinstand gehabt. Ich habe zwei Picassos und einen Rembrandt verkauft!"

Er hat nur ein schweres Problem! Da er morgens nie wach wird, kommt er immer zu spät ins Museum. Der Doktor hat ihm ein gutes Mittel verschrieben und prompt war er am frühen Morgen wach. Kommt er als erster in das Büro und strahlt über alle Backen: „Toll, Chef, jetzt ist wieder alles in Ordnung." Nickt der und sagt: „Gut, und wo waren Sie gestern?"

Dann meinte sein Chef noch: „Hören Sie mal. Sie haben doch beim Einstellungsgespräch gesagt, daß Sie für zwei arbeiten wollten." Antwortet mein Josef: „Ja klar, für mich und meine Frau!"

Als er nach Hause kam, meinte er: „Samtäugelchen, wußtest du eigentlich, daß wir Beamten nur zehn Minuten Mittagspause machen dürfen?" Ich frage: „Wieso denn das?" Antwortet er: „Ja, weil die Beamten sonst neu angelernt werden müssen."

Letztens sagte er ganz stolz: „Stell dir vor, das Rathaus macht jetzt seinen ersten Betriebsausflug. Unser Oberstadtdirektor hat doch tatsächlich eine Kapelle gefunden, die so langsam spielt, wie wir Beamten tanzen."

Bei der Stadt ist er nicht geblieben. Jetzt ist er bei der Bundesbahn als Lokführer. Als er nach dem ersten Arbeitstag nach Hause kam, sagte er: „Nein, das war heute wieder ein Tag! Heute morgen habe ich mich beim Rasieren geschnitten, mittags ist mir die Hose geplatzt und dann ist mir auf der Brücke auf meinem Gleis ein D-Zug entgegengekommen."

Und das hatte Folgen!

Danach war der so bekloppt, da konnten sie ihn nur noch als Strekkenwärter einsetzen. Er bekam ein Kännchen mit Öl in die Hand gedrückt und sollte die Verschraubungen der Schienen ölen. Dann war er verschollen. Nach ein paar Wochen kam ein Telegramm: „Schickt Öl, ich bin in Frankfurt."

So verrückt, wie der jetzt war, konnte er nur noch bei der Post arbeiten. Hier kam er bei der Hauptpost an den Schalter. Ich habe ihn auch direkt getestet. Wurde ich von ihm gefragt: „Haben Sie einen Ausweis dabei?" Ich sage: „Nein, aber ich habe ein Foto von mir." Meint er: „Lassen Sie mal sehen! – Ja, Sie sind es. Hier haben Sie Ihren Einschreibebrief."

Die Post hat ja ein Bombenmotto: Es gibt viel zu tun, lassen wir es liegen!

A l a a f !

Ne Trötemann

Büttenrede von Karlheinz Jansen

(Der Vortragende erscheint mit einer übergroßen Tuba = „Tröt")

Also, liebes Publikum, wer mich noch nicht gehört hat, kann sich glücklich schätzen. Wenn Sie eine Ahnung von Musik haben, dann vergessen Sie das! Ich bringe Ihnen jetzt hier Klassik in den Schuppen.

Man hat mich extra von der Philharmonie hierher geschickt. Wir hatten da ein großes Konzert. Ein toller Erfolg! Das Volk raste – zu den Türen hinaus. Muß Laufkundschaft gewesen sein.

Ich hatte es aber geahnt. Ich hatte kaum zwei Töne gespielt, da rief schon einer von der Galerie: „Solle mer ihn eraus lasse?!"

Ich hatte gleich zu meinem Kollegen, dem Zimmdeckels Hubert, gesagt: „Hier ist aber auch eine schlechte Akustik." Meinte der: „Ja, ich rieche es auch."

Ich beginne nun mit meinem musikalischen Vortrag. Diejenigen, die wissen, was nun auf sie zukommt, müssen sich jetzt kurzfristig entscheiden. Ich zähle langsam bis fünftausend – und wer dann immer noch hier im Saal sitzt, der wird von mir mit einem Konzert nicht unter zwei Stunden bestraft.

Ich muß Sie zu Beginn meines Konzertes direkt enttäuschen. Die Liveaufnahme von meinem letzten Open-Air-Bus-Konzert ist leider verlorengegangen. Ich bin deshalb gezwungen, live zu spielen. Auch kann meine Blackgraund-Sängerin, Fräulein Appolonia Stöhnlechner, leider nicht erscheinen. Sie stöhnt in einem anderen Orchester.

Aber das Open-Air-Bus-Konzert war ein voller Erfolg. Weit mehr als drei Personen waren anwesend. Für das Konzert habe ich zweitausend Mark bekommen – ohne Bewährung – ich habe sie abgesessen.

Ich beginne zunächst mit einer leichten Klamotte. Das Stück handelt in A-Dur. Ich spiele es bierstimmig.

Es ist betitelt: „Im Frühstau am Berge wir stehn faldera!" Junge, da kommen Sie aber aus dem Staunen nicht heraus.

Also, ich habe ja jetzt eine Stelle beim Bayerischen Fernsehen. Nette Leute! Gut, sie jodeln viel, aber wenn die lesen könnten, würden sie auch singen.

Dort habe ich den Bayerischen Destilliermarsch gespielt. Dafür habe ich den Saupreiß bekommen.

Und dann kam mein Durchbruch. Ich durfte abends nach Sendeschluß beim Deutschlandlied mitspielen – ich machte immer den Wind unter der Fahne.

Nächste Woche kommt die Sendung „Prost und Kontra" mit der Arie aus der Oper „Don Calvados".

Schwere Sachen liegen mir sowieso am besten. Nun sind ja leider berühmte Musiker gestorben, Beethoven ist tot, und soeben erfahre ich, Mozart lebt auch nicht mehr. Ich habe gar nicht gewußt, daß der krank war. Drum hören Sie bei mir jetzt genau hin, auch ich fühle mich nicht mehr so ganz gesund.

Von Mozart folgt nun das berühmte Musikstück:
Erster Teil: Die Hochzeit des Figaro
Zweiter Teil: Die Scheidung des Friseurs

Gut, überschlage ich das auch. Aber so schnell kommen Sie nicht von mir los. Ich blase zwar nicht, es wird noch viel schlimmer: Ich singe!!

(Auf die Melodie „Heile, heile Gänschen")

>Wenn ich mal richtig blasen könnt,
>dann wär' ich glücklich dran.
>Ich hing am Haus ne Stang' heraus,
>würd hissen eine Fahn.
>Ich lief direkt zum Opernhaus,
>da spielt ich Tag und Nacht,
>dann hätt' ich Beifall und Applaus,
>das wär doch gelacht!

Was wär' ich glücklich, wär' ich froh
und klingen würde das etwa soohoo

Heile, heile Gänschen, ich bin der Trötemann,
ich spreche viel vom Spielen,
obschon ich das nicht kann,
mit Singen es hier auch nicht klappt,
drum pack' ich ein und haue ab.

        A l a a f !

Klein Schlauköpfchen u. Groß Doofi

(Juppes und Manes)

Zwiegespräch von Heidi Spies

Manes: Hallo Juppes! Gut, daß ich dich hier treffe. Sieh mal, ich habe ein paar Lederhandschuhe gefunden. Sind das etwa deine?

Juppes: Nein, sie sehen zwar aus wie meine, aber die können es nicht sein.

Manes: Warum denn nicht?

Juppes: Weil ich meine verloren habe.

Mensch, Manes, was ist das doch für ein Sauwetter! Kalte Füße, meine Nase läuft, ich habe Husten und das alles wegen dem Wetter. Wie fandest du denn das Wetter heute morgen?

Manes: Wie immer! Ich mache die Tür auf – und da war es!

Juppes: Sag, du bist heute wohl ein bißchen jeck?

Manes: Hör auf und reize mich nicht! Ich komme gerade vom Arzt, und die Diagnose gefällt mir nicht.

Juppes: Was meint er dann?

Manes: Er sagt, es sähe gar nicht gut mit mir aus. Wasser in den Beinen, Steine in den Nieren und Kalk in allen Arterien.

Juppes: Lieber Manes, das ist doch prima! Du hast ja auch noch Sand im Gehirn. Da kannst du endlich anfangen zu bauen.

Das mußt du so machen wie ich. Wenn ich Sorgen habe, dann lenke ich mich ab.

Manes: Und was schlägst du vor?

Juppes: Geh mal mit auf die Rennbahn. Da siehst du viele Leute, und spannend ist es auch, und du kannst was gewinnen.

Manes:	Das wäre eine Idee!
Juppes:	Allerdings ist mir beim letzten Mal was Blödes passiert. In dem Moment, wo ich mich bücke, um mir die Schuhe zuzubinden, kommt doch einer von hinten und legt mir einen Sattel auf den Rücken.
Manes:	Ja und?
Juppes:	Ich bin zweiter geworden!
Manes:	Hast du denn wenigstens etwas gewonnen?
Juppes:	Nichts, obwohl ich Berührung mit einem Hufeisen hatte.
Manes:	Wie, und trotzdem kein Glück?
Juppes:	Nein, ganz im Gegenteil, das Pferd war ja noch dran!

Ich habe in der letzten Zeit sowieso nur Pech. Bei der Polizei haben sie mich auch nicht genommen, als ich mich da vorgestellt habe. |
Manes:	Warum das denn nicht?
Juppes:	Ich bin durch die Aufnahmeprüfung geflogen.
Manes:	Was du nicht sagst! Was wollten die denn wissen?
Juppes:	Der Kommissar hat mich gefragt: „Was tun Sie, wenn Sie einen Dieb im Rhabarberbeet entdecken?
Manes:	Mensch, das wußtest du nicht?
Juppes:	Doch, ich habe geantwortet: „Ich scheuche den in ein Salatbeet."
Manes:	Wieso?
Juppes:	Hat der auch gefragt. — Weil ich Rhabarber nicht schreiben kann.
Manes:	Mach dir nichts draus. Ich bin froh, daß du nicht bei der Polizei gelandet bist. Die haben sie sowieso nicht mehr alle!
Juppes:	Nein? Wieso?
Manes:	Ich verstehe einfach nicht, wieso die immer predigen: Bei Trunkenheit — Hände weg vom Steuer!
Juppes:	Das ist doch wohl klar!
Manes:	Nein! Ich kenne keinen, der besoffen gut fährt... und dann auch noch freihändig!
Juppes:	Gut, daß sie d i c h nicht genommen haben. Du würdest ja den ganzen Polizeiapparat durcheinander bringen. — Und womit verdienst du dir jetzt deine Brötchen?

Manes:	Och, ich arbeite jetzt bei einer Tankstelle. Autowaschen, Reifenwechsel und sowas. Also, bis jetzt sind mir nur drei Arten von Autofahrern begegnet: die, die ihren Wagen selber waschen, und solche, die den Wagen waschen lassen.
Juppes:	Und die dritten?
Manes:	Naja, die warten auf Regen.
Juppes:	Also, da gehöre ich auch dazu. – Habt ihr denn auch bleifreies Benzin?
Manes:	Aber sicher!
Juppes:	Ja also, mein Wagen verträgt das nicht.
Manes:	Willst du damit sagen, du tust nichts für den Umweltschutz?
Juppes:	Oh doch! Finde ich eine leere Zigarettenschachtel auf der Straße oder eine Bananenschale in der Gosse, hebe ich die auf und werfe sie in den nächsten Briefkasten.
	Aber sag' mal, apropos Umwelt! Wenn es am Sonntag nicht regnet, willst du nicht mit mir zum Angeln fahren?
Manes:	Ich weiß doch gar nicht, wie man das macht.
Juppes:	Ach, das zeige ich dir.
Manes:	Ja, was braucht man denn so alles zum Angeln?
Juppes:	Angelrute, Würmer, Ausdauer ... und sehr lange Arme.
Manes:	Ja, um alles in der Welt, warum denn lange Arme?
Juppes:	Um beim Stammtisch nachher zu demonstrieren, wie groß die Biester waren, die man gefangen hat.
Manes:	Ist gut, ich komme mit. Und abends gehen wir in meine neue Dreizimmer-Wohnung und veranstalten ein zünftiges Fischessen.
Juppes:	Das ist eine gute Idee! Sag, wie bist du eigentlich eingerichtet?
Manes:	Ganz schlicht und einfach. Zwei Räume mit Apfelsinenkisten.
Juppes:	Und im dritten Zimmer?
Manes:	Nichts, kein Platz mehr, alles voller Apfelsinen!

Juppes:	Ich meine, dir geht es finanziell arg schlecht. Im letzten Jahr hast du beim Stammtisch noch so geprahlt, du würdest bald Millionär sein.
Manes:	Natürlich, ich fange schon die zweite Million an!
Juppes:	Was, die zweite?
Manes:	Na ja, aus der ersten ist leider nichts geworden.
	Aber das kann nicht mehr lange dauern. Ich habe mich jetzt beim Theater als Statist beworben. Und was soll ich dir sagen, die haben mir direkt eine Charakterrolle angeboten.
Juppes:	Donnerwetter, das ist ja toll! Was ist es denn?
Manes:	Ich muß im dritten Akt auf die Bühne und ein Glas Champagner mit „Nein, danke" zurückweisen.
	Also Juppes, ich habe dort eine Freikarte für die Oper bekommen. Ich dahin, feiner Anzug, feine Gesellschaft, aber damit habe ich nicht gerechnet.
Juppes:	Womit?
Manes:	Junge, die hatten vielleicht gesoffen! Die haben den ganzen Abend gesungen!
Juppes:	Du, ich habe gehört, du willst nach China? Du verstehst doch kein Wort chinesisch!
Manes:	Sag' das nicht, ich lerne das im zweiten Semester an der Volkshochschule.
Juppes:	Ich werde verrückt! Du lernst chinesisch?
Manes:	Oh ja!
Juppes:	Das kannst du aussprechen?
Manes:	Perfekt!
Juppes:	Was heißt denn zum Beispiel „Ladenschluß" auf chinesisch?
Manes:	Klarer Fall: Wat-schon-zu?
Juppes:	So eine Weltreise ist eine gefährliche Sache. Hast du keine Angst vor Entführungen?
Manes:	Nein, das hält mich nicht zurück. Ich will mal raus, was anderes sehen. Der Breuers Josef hat das richtig gemacht, der hat alles stehen und liegen gelassen und direkt nach Australien. – Was würdest du zum Beispiel mitnehmen, wenn du auf einer einsamen Südsee-Insel leben müßtest?

Juppes:	Mein Auto!
Manes:	Du Blödmann, da kannst du doch kaum fahren, das sind doch alles Urwald-Inseln.
Juppes:	Fahren nicht, aber parken!
	Also das Parkproblem, das macht mich noch ganz verrückt! Am letzten Freitag, auf Leos Beerdigung, bin ich eine geschlagene Stunde um den Friedhof rum, nichts gefunden! Als ich ankam, war auch schon alles zu Ende. – Aber was habe ich gehört, du hast dem Leo einen Feuerlöscher in das Grab geworfen?
Manes:	Stimmt, das war doch mein bester Freund. Für den täte ich alles!
Juppes:	Und was soll der noch mit einem Feuerlöscher?
Manes:	Reine Vorsichtsmaßnahme, falls er in die Hölle kommt!

A l a a f !

Ein Dienstmädchen

Damen-Büttenrede von Franz Unrein

Als ich mich bei meiner neuen Stelle vorstellte, meinte die gnädige Frau: „Ich hoffe, daß Sie nicht schwatzhaft sind!" Ich sage: „Um Gottes willen, schauen Sie sich mal mein Sparkassenbuch an! Fünftausend Mark Schweigegelder!"

Die Gnädige meinte: „Ich mache Sie aber sofort aufmerksam, daß wir alle Vegetarier sind. Es wäre schön, wenn Sie sich auch dazu bekehren könnten." Ich sage: „Ausgeschlossen, ich bleibe weiterhin katholisch."

Und wie neugierig die war! Stellt die mir doch die Frage: „Haben Sie auch einen Freund oder Verehrer?" Ich sage: „Einen! Nicht daß ich lache! Was glauben Sie, was ich für Chancen habe! Ich habe allein im Schlafzimmer die Gardinen nur an meinen Verlobungsringen aufgehängt!"

Am selben Abend hatten wir eine Gartenparty, da mußte ich aushelfen. Nach Mitternacht meinte die Madam: „Haben Sie nicht einen graumelierten Herrn mit roter Fliege und weißem Jackett gesehen?" Ich sage: „Gnädige Frau, den besoffenen Kerl habe ich gerade eigenhändig rausgeworfen!" Meint sie: „Oh, das war mein Mann!"

Aber so war der in Ordnung. Morgens zeigte er mir Haus, Hof und Garten. Als wir auf den Hof kamen, sage ich: „Sie haben aber ein schönes Pferd." Meint er: „Das ist ein Wallach, kein richtiges Pferd mehr." Ich sage: „Was ist denn da der Unterschied?" Meint er: „Ein Wallach würde niemals bei Ihnen fensterln kommen."

Und sehr zuvorkommend ist er ja. Sonntags hörte ich, wie er im Badezimmer war und sie rief: „Liebling, hast du schon deine Zähne geputzt?" Rief er zurück: „Ja, mein Liebling, und weil heute Muttertag ist, habe ich deine gleich mitgeputzt."

Apropos Mutter! Die Tochter des Hauses wollte heiraten, einen Computerfachmann. Aber kurz vor der Hochzeit hatten die Krach.

Meinte der Bräutigam: „Mittwochs heirate ich auf keinen Fall!" Fragt die Madam: „Was hast du gegen Mittwoch, ist da Fußball?" Er sagt: „Nein, aber wenn wir mittwochs heiraten, fällt unsere Silberhochzeit auf einen Freitag, und freitags habe ich immer Kegeln."

Die hatten auch noch einen kleinen Nachkömmling von acht Jahren. Der war vielleicht neugierig! Einmal fragte er beim Essen: „Mama, wo kommen die kleinen Kinder her?" Sagt seine Mutter: „Also, wenn Vati mich abends küßt, bekomme ich ein Baby." Meint er: „Och, dann möchte ich mal wissen, wo unser Dienstmädchen die vielen Kinder vom Papa versteckt hat!"

Abends kam der gnädige Herr laut schimpfend nach Hause und meint: „Also, den neuen Chauffeur werde ich rauswerfen. Heute hat er mich bald dreimal in Lebensgefahr gebracht." Darauf seine Frau: „Ach, gib ihm doch noch eine Chance!"

Dienstags mußte ich zum Zahnarzt. Ich sitze kaum auf dem Stuhl, sagt der zu mir: „Brüllen sie jetzt wie am Spieß, so laut Sie können!" Ich sage: „Wieso?" Meint er: „Das Wartezimmer ist brechend voll und ich will in zwanzig Minuten das Länderspiel im Fernsehen sehen."

Als ich zurück war, habe ich direkt die Zimmer geputzt. Kam die Madam und meinte: „Haben Sie gesehen, ich habe Ihnen einen Eierpfannkuchen in Ihr Zimmer gestellt." Ich sage: „Das war ein Pfannkuchen? Ich dachte, das wäre ein Fensterleder und habe damit die Fenster geputzt."

Ich war abends gerade im Bett, klopft es, der gnädige Herr kam rein und sagt: „Ich habe eine Neuigkeit. Meine Frau will ab nächsten Monat auch halbtags arbeiten." Ich sage: „Was will sie denn machen?" Meint er: „Sie macht Kindermädchen bei der Putzfrau ihrer Schwester."

Plötzlich stand die Gnädige im Zimmer und brüllt: „Sie verlassen morgen sofort mein Haus! Was macht mein Mann bei Ihnen im Zimmer?" – Als ich morgens mit meinem Koffer die Treppe runter kam, sagte ich zu ihr: „Bevor ich dieses Haus verlasse, möchte ich Ihnen noch etwas sagen. Erstens bin ich hübscher als Sie, das hat mir Ihr Mann gesagt. Zweitens stehen mir Ihre Kleider besser, das hat mir auch Ihr Mann gesagt und drittens verstehe ich besser zu lieben als Sie!" Meint sie: „Hat das auch mein Mann gesagt?" Ich sage: „Nein, aber der Chauffeur!"

A l a a f !

Ein geplagter Ehemann

Büttenrede von Heinz Otten

Meine Frau gönnt mir aber auch wirklich gar nichts! Sagt sie giftig zu mir: „Warum trinkst du nur diesen widerlichen Alkohol? Trinken macht doch nicht glücklich." Ich antworte ihr: „Das mag ja sein. Durst aber auch nicht!"

Mit den Kindern hat man auch nicht nur reine Freude. Ich sagte zu meiner fünfzehnjährigen Tochter: „Liebchen, ich habe mir deinen neuen Freund einmal genau angeschaut. Kind, so leid es mir tut, aber den mußt du lassen." Erwidert sie: „Will ich doch, Papa, will ich doch, aber der Trottel traut sich ja nicht!"

Meine Frau meinte dieser Tage: „Die Kleine braucht jetzt unbedingt undurchsichtige Vorhänge an ihrem Kammerfenster. Sämtliche Männer bleiben davor stehen und beobachten das Mädchen, wenn sie sich an- oder auskleidet." Rief ich erbost: „Das ist doch unnötig herausgeschmissenes Geld. Die Vorhänge können wir uns sparen. Ab heute schläfst du in der Kammer!"

Weil ich auf der Straße die hübsche Kehrseite einer jungen Dame wohlwollend betrachtet hatte, meinte meine Frau, das wäre ja nicht unbedingt die feine englische Art, sie hätte ja auch einen schönen Po! Sagte ich zu ihr: „Po ist nun wirklich untertrieben, das ist bei dir kein Po, das ist schon mehr ein Mähdrescher!" Erstaunlicherweise gab sie mir keine Antwort und sah mich nur giftig an. Als ich bei ihr dann aber nach Tagesschau und Dallas ein bißchen mehr als zärtlich werden wollte, meinte sie höhnisch: „Bist du verrückt? Glaubst du im Ernst, ich würde wegen einem kleinen Strohhalm meinen Mähdrescher anwerfen?"

Ja, Frauen können schon boshaft sein! Ein amerikanischer Wunderdoktor machte im Fernsehen die tollsten Experimente. Er könnte in den meisten Fällen alle Krankheiten heilen, behauptete er. Jeder Patient sollte seine Hände auf die erkrankte Stelle legen und sich dann ganz stark konzentrieren. Ich glaube ja nicht an so einen Quark. Weil ich aber ganz zufällig und ohne mir etwas dabei zu denken beide Hände im Schoß liegen hatte, meinte meine Frau plötzlich: „Du hast den Mann falsch verstanden. Der will Kranke heilen, keine Toten erwecken!"

Wir Männer sind da ja ganz anders. Oder kennen Sie einen Mann, der boshaft ist? Unmöglich! Ich wollte mir bei meinem Nachbarn mal einen Hammer ausleihen, weil ein paar Nägel in die Wand zu schlagen waren. Meinte der ganz verwundert: „Mein Gott, muß es denn unbedingt, nur um ein paar Nägelchen in die Wand zu schlagen, ein Zehnpfünder sein? Was glaubst du, wie weh das tut, wenn du dir mit diesem schweren Hammer auf die Finger schlägst?" Ich sagte: „Das ist mir egal, den Hammer braucht meine Frau."

Man wundert sich über nichts mehr als über liebe Menschen. Bei einer netten feuchtfröhlichen Familien-Party sagte meine Frau zu vorgerückter Stunde plötzlich ziemlich aggressiv: „Das ist ja direkt widerlich, wie du dich nach fünfzehn Obstlern verändert hast!" Ich fiel aus allen Wolken! „Was heißt denn hier fünfzehn Obstler? Ich habe doch überhaupt keine Obstler getrunken!" Meinte sie: „Du nicht, aber ich!"

Weil ich mal wieder schönes Wetter bei meiner Frau machen wollte, hatte ich eine sehr hohe Lebensversicherung abgeschlossen. Ich teilte dies meinem Königstiger freudestrahlend mit. – „Klasse", meinte sie, „dann brauchst du ja jetzt auch nicht mehr wegen jedem Wehwehchen zum Arzt zu laufen!"

Letztens meinte sie: „Ist dir das aufgefallen, die Müllers gegenüber haben bestimmt eine ganz feuchte Wohnung." Ich war erstaunt: „Hast du denn feuchte Wände gesehen?" Antwortete sie: „Das nicht direkt, aber die haben am Fernseher einen Scheibenwischer."

Gestern abend wollten wir mal wieder groß ausgehen. Als meine liebe Gattin nach ausgiebigem Bad auf der Waage stand, rief sie freudestrahlend: „Nun schau doch mal, Liebster, ich habe drei Pfund abgenommen." Ich sagte mit meinem ganzen Charme: „Von wegen abgenommen, du bist ja noch gar nicht geschminkt."

Manchmal ist meine Frau eine richtige Philosophin. Als wir abends bei ein bis ein paar guten Fläschchen Wein saßen, meinte sie plötzlich: „Beim Wein ist es genau wie mit den Politikern. Man weiß erst hinterher, welche Flasche man gewählt hat."

Vor ein paar Tagen saß auf einer Party ein allein gekommener Gast stillvergnügt an der Bar und soff unheimlich schnell in sich hinein. Plötzlich fiel er tot vom Hocker. Da sagte meine Frau zu mir: „Du bist doch ein Mann aus dem Leben, gehe zu seiner Frau nach Hause und sage ihr Bescheid. Aber bitte schonend und diplomatisch." Ich also zu der Witwe. Mit meinem angeborenen Charme und natürlichem Liebreiz sagte ich zu ihr: „Liebe gute Frau, ich möchte Ihnen da ein paar Histörchen von Ihrem Mann erzählen. Also passen Sie mal auf. Ihr Mann war in einem dieser obskuren Lokale, Sie wissen schon! Er tanzte gerade mit einem halbnackten Mädchen und hatte selber nur noch die Krawatte an ..." Weiter kam ich gar nicht. „Was", brüllte sie los, „mit nackten Mädchen? Und hier daheim trinkt er nur Kamillentee, hält sich das Herz und jammert den ganzen Tag herum. Der Schlag soll ihn treffen! Tot soll er umfallen!" Ich fiel ihr ins Wort: „Genau, – so war es!"

Sachen gibt's, die gibt es gar nicht. Mein Stammwirt erzählte neulich: „Stellt euch vor, in meiner Brauerei ist ein Arbeiter in ein riesiges offenes Gin-Faß gefallen." Ich sagte: „Mein Gott, das muß ja ein schrecklicher Tod gewesen sein." Meinte der Wirt: „Glaube ich nicht, der Mann ist noch viermal hochgekommen und wollte Oliven haben."

An dem Tresen stand auch ein Rentner aus der DDR. Ich fragte ihn: „Stimmt das, was die Zeitungen schreiben, in der DDR werden keine Betten mehr hergestellt?" Meinte der: „Davon weiß ich nichts, wieso denn?" Ich sagte: „Das ist ja eigentlich ganz klar, daß ihr keine Betten mehr braucht. Die Intelligenz ist bei euch auf Rosen gebettet, die Aktivisten ruhen sich auf ihren Lorbeeren aus, die Arbeiter, Bauern und Soldaten halten die Friedenswacht, der Klassenfeind schläft nicht, – ja, und der Rest, der sitzt!"

Ich sagte zum Wirt: „Junge, Junge, das junge Mädchen, das gestern bei dir ein Zimmer gemietet hat, bei der möchte ich gerne mal die Figur abmessen." Meinte der trocken: „Die Maße kann ich dir sagen: neunzig, fünfundfünfzig, fünfundneunzig, dreihundert!" Ich sagte verwundert: „Nanu, was sollen denn die Dreihundert bedeuten?" Strahlte er: „Das ist der Preis für eine Nacht."

Weil mein Freund Theo immer mit seiner humanistischen Bildung prahlt, habe ich ihn um Rat gefragt. Der zukünftige Eventuelle meiner Cousine ist geschäftlich in Japan und schreibt, er käme nächste Woche zurück und wolle sich avisieren. Keiner von uns weiß aber, was ‚avisieren' bedeutet. „Nun", meinte Theo, „das ist ganz einfach. Das Wort kommt aus dem Lateinischen. Laß mich mal überlegen. Also, avis heißt Vogel und daher..." Unterbrach ich ihn: „Das reicht, jetzt weiß ich, was der von meiner Cousine will!"

                A l a a f !

Ne Blötschkopp

Büttenrede von Kurt Freischläger

Liegt ein Bauer tot im Zimmer – lebt er nimmer!

Ist es draußen feucht und naß – trinkt der Bauer Bier vom Faß!

Gestern sage ich zu meinem Chef: „Ich brauche zwei Tage frei, meine Frau ist schwer krank." Meint er: „Oh, gefährlich?" Ich sage: „Nein, gefährlich ist die nur, wenn sie gesund ist!"

Meine Frau ist schööön! Die ist vor Häßlichkeit schön! Die ist so schön häßlich, wenn die Eier abschrecken will, braucht sie nur in den Topf zu gucken!

Trotzdem nenne ich sie ganz zärtlich „Eisscholle". Ist ja besser als „Scheiß-Olle"!

Vorigen Sonntag sage ich zu meiner Frau: „Ist das nicht langweilig, uns ruft aber auch keiner an." Antwortet sie: „Was soll der Blödsinn, wir haben doch gar kein Telefon!" Ich sage: „Na und! Wer weiß das schon?!"

„Mensch", sage ich zu meiner Frau, „hier in der Zeitung steht, daß von all den Nonnen auf der ganzen Welt nur acht Prozent Jungfrau sind." Meint sie ganz entrüstet: „Wie? Das kann doch nicht sein!" Ich sage: „Doch, die anderen zweiundneunzig Prozent sind Löwe, Stier, Wassermann..."

Wir haben jetzt auch einen Hund – Pluto, ein Bluthund! Nun versucht meine Frau dem Anstand beizubringen, nur weil das bei mir mißlungen ist. Sie sagt immer: „Komm Pluto, mach schön auf Zeitung, komm, mach schön auf Zeitung!" Seit gestern macht Pluto auf Zeitung, aber immer dann, wenn die ich gerade lese!!

Und dann mein Freund! Das ist ein toller Sonntagsjäger! Der hat in seinem Wohnzimmer alles voll Köpfe von geschossenen Tieren. Plötzlich sehe ich zwischen den Jagdtrophäen den lächelnden Kopf seiner Schwiegermutter. Ich frage: „Wie kommt denn der Kopf deiner Schwiegermutter dahin, und dann auch noch lächelnd?" Meint der ganz stolz: „Ja, das war gut. Die hat bis zuletzt gedacht, sie würde fotografiert."

Hauptberuflich ist der Steward auf einem Rheinschiff. Als er vorige Woche von einer Weltreise aus Königswinter in Köln anlegen will, sieht der doch seine Frau an der Landungsbrücke. Da fängt er an zu winken und schreit: „EB, EB, EB!" Seine Frau ruft zurück: „Nein, EE, EE, EE!" Der Kapitän sieht das und fragt den Steward: „Was soll das?" Meint der: „Ja, das ist typisch meine Frau! Sie will erst essen!"

Und dann meine Schwester! Die gehört zur Kategorie der kinderreichen Familien. Sie war nun beim Arzt, weil sie keine Kinder mehr wollte. Sagt der Doktor: „Ich gebe Ihnen einen guten Rat! Wenn Sie keine Kinder mehr wollen, stecken Sie beide Füße in einen Zehnliter-Eimer, wenn Sie ins Bett gehen."
Letzten Montag war sie wieder beim Arzt, weil sie erneut schwanger war. „Ja haben Sie sich denn nicht an meinen Rat gehalten?" fragt der Doktor. „Doch", sagt meine Schwester, „aber weil wir zuhause keinen Zehnliter-Eimer haben, habe ich die Füße in zwei Fünfliter-Eimer gesteckt."

Vorige Woche habe ich meinen Opa und meine Oma besucht. Opa war im Garten am Umgraben. Da habe ich ihm etwas geholfen. Als ich so umgrabe, sehe ich doch, wie ein Regenwurm aus dem Loch heraus will. Da habe ich ihn rausgezogen. Als der Opa das sieht, fängt der an zu schimpfen. Ich sage: „Opa, ist ja gut, dann stecke ich ihn eben in das Loch zurück." Meint der Opa: „Wenn du das schaffst, bekommst du von mir fünf Mark." Ich rase ins Haus, hole eine Flasche Haarspray, sprühe den Wurm an bis er steif war und dann habe ich ihn zurück ins Loch gesteckt. „Mensch", sagt der Opa, „morgen bekommst du das Geld!" Am anderen Tag gibt der mir fünfzig Mark! Ich sage: „Opa, ich kann aber nicht wechseln." Meint der: „Brauchst du nicht, die fünfundvierzig Mark sind von der Oma!"

Beim Kaffeetrinken meint die Oma plötzlich: „Ich will mich jetzt auch sterilisieren lassen." Ich sage: „Was Oma? Mit neunundachtzig Jahren?" Sie antwortet: „Ja, ich will keine Enkelkinder mehr!"

Und dann bin ich nach Hause! Als ich so über die Hauptstraße schlendere, sehe ich doch bei einem Optiker eine riesige Reklame: „Super-Sonnenbrille für eintausend Mark." Ich rein zu dem Optiker und frage nach der Brille. Als ich die aufsetze, sehe ich doch den Verkäufer nackt! Brille ab, war der wieder angezogen. Ich laufe auf die Straße, ziehe die Brille auf: alle Leute nackt. Brille ab: alle wieder angezogen. – Ich habe die Brille gekauft. Zuhause setze ich die Brille auf und gehe ins Wohnzimmer. Sehe ich doch meine Frau mit meinem besten Freund nackt auf dem Sofa sitzen. Ich ziehe die Brille wieder ab, sind die immer noch nackt! – „Sauerei", sage ich, „so ein Mist, gerade neu gekauft und schon kaputt!"

Zum Schluß muß ich euch noch erzählen, daß ich schon dreimal bei einem Fernsehquiz gewonnen habe! Jetzt haben die mich wieder eingeladen. Stellt der Quizmaster mir die Frage: „Nennen Sie mir den Namen des Vorarbeiters vom Pyramidenbau des Ramses in Ägypten!" Habe ich überlegt und plötzlich fiel es mir ein! Ich antworte: „Ich glaube, ich weiß es! Sie müssen mir nur sagen, ob Sie den von der Frühschicht oder Spätschicht meinen?"

A l a a f !

Pit und Pat

Zwiegespräch von Heinz Otten

Pat: Wie habe ich dir denn gestern abend gefallen in meiner Einlage als Opernsänger?
Pit: Also weißt du, Pat, ich habe ja schon die Wiener Staatsoper, die Mailänder Scala und die Met in New York besucht, aber ich habe noch nie ...
Pat *(fällt ihm ins Wort):* Na, na, langsam, Pit. Jetzt übertreibst du ein kleines bißchen ...
Pit: Laß mich doch mal aussprechen! Ich habe noch nie einen Sänger so schwitzen gesehen wie dich!

Pat: Ich war in der vergangenen Woche bei einem Graphologen. Ist das nicht interessant, was diese Burschen alles aus einer Unterschrift herauslesen können?
Pit: Wie meinst du das?
Pat: Na ja, zum Beispiel gibt es da Experten, die können aus einer Unterschrift herauslesen, was der Betreffende für einen Charakter hat, und manchmal auch den Beruf und ob man sich für einen bestimmten Beruf eignet.
Pit: Die können sogar noch mehr herauslesen! Das könnte ich auch!
Pat: Du könntest aus einer Unterschrift etwas herauslesen? Daß ich nicht lache? Was denn zum Beispiel?
Pit: Wie der Betreffende heißt!

Pat: Ich habe in der Zeitung gelesen, von eintausend Frauen gehen achthundertzweiundachtzig regelmäßig fremd.
Pit: Wie, von eintausend gehen achthundertzweiundachtzig fremd? Das ist ja der Hammer!
Pat: Ja, ja, aber nur zwei von tausend Frauen können Trompete blasen.

Pit: Das ist ja interessant! Achthundertzweiundachtzig gehen fremd und – ja aber wieso können nur zwei auf der Trompete blasen?
Pat: Ganz einfach! Trompete blasen ist schwerer!

Was würdest du machen, wenn du mit dem Auto nachts durch einen Wald fährst und siehst dann plötzlich eine völlig unbekleidete, hübsche junge Dame in einem Baum sitzen?
Pit: Eine hübsche junge Frau in einem Baum?
Pat: Ja, in einem Baum!
Pit: Hoch in einem Baum?
Pat: Ja, hoch in einem Baum! Was würdest du dann tun?
Pit: Die Scheinwerfer höher einstellen.

Pat: Pit, würdest du dich weigern, mit einer tollen Frau sozusagen in nähere, engere Beziehungen zu treten?
Pit: Du kannst Fragen stellen. Also ehrlich gesagt, Pat, das habe ich noch nie gemacht!
Pat: Was denn, was denn? Willst du mir jetzt allen Ernstes erzählen, du hättest noch nie etwas mit einer schönen Frau gehabt?
Pit: Unsinn, ich hab' mich noch nie geweigert!

Sag mal, Pat, wonach schaust du zuerst, wenn du eine junge, nette Frau siehst?
Pat: Eine junge, nette Frau?
Pit: Ja, eine schöne, junge Frau! Wonach guckst du dann zuerst?
Pat: Ob meine Frau in der Nähe ist.

Pit: Es ist doch schon seltsam, Pat. Wir Männer vergessen immer unseren Hochzeitstag, die Frauen aber nie!
Pat: Also weißt du, dafür gibt es eine ganz natürliche Erklärung.
Pit: Da bin ich aber mal neugierig!
Pat: Na, dann paß mal auf. Als wir beide im Urlaub zum Angeln waren, da hast du doch diese Riesenforelle gefangen, nicht wahr?
Pit: Und ob ich das noch weiß. Das war doch der Fang meines Lebens. Daran werde ich mich immer erinnern!
Pat: Siehst du, du weißt das noch! Aber der Fisch hat das lange vergessen!

	Was habe ich gehört, du verstockter Sünder warst auch endlich wieder einmal in der Kirche?!
Pit:	Naja, das hat ja auch einen guten Grund!
Pat:	Ja, und der wäre?
Pit:	Du weißt ja, wie das ist. Wir haben einen neuen Pfarrer bekommen, und den wollte ich unbedingt einmal predigen hören.
Pat:	Ja und? Was hat er denn gepredigt?
Pit:	Über die Sünde!
Pat:	Über die Sünde?
Pit:	Richtig.
Pat:	Mein Gott, laß dir doch nicht jedes Wort aus der Nase ziehen! Was hat er denn gesagt über die Sünde?
Pit:	Er war dagegen!

Pat:	Du bist manchmal gesprächig wie eine Auster. – Was hat eigentlich deine liebe Frau gemacht, als du vorgestern sternhagelvoll vom Kegeln heimgekommen bist?
Pit:	Wie meinst du das?
Pat:	Ich möchte wissen, was sie gemacht hat?
Pit:	Was sie immer macht.
Pat:	Mein Gott, was hat sie denn wie immer gemacht?
Pit:	Vorbeigeschossen!

Pat:	Der neue Arzt neben dir soll ja gar nicht so gut sein, sagen die Leute.
Pit:	So so, die Leute erzählen viel Blödsinn. Ich finde ihn sehr gut.
Pat:	Wieso, warst du denn schon bei ihm in Behandlung?
Pit:	Sicher!
Pat:	Das ist ja interessant. Was hattest du denn?
Pit:	Kreisverkehrsstörungen.
Pat:	Du meinst sicher Kreislaufstörungen?
Pit:	Sag ich doch!
Pat:	Ja, und wieso ist der Doktor so gut?
Pit:	Als ich in seiner Praxis wegen meiner Dingsstörungen umgekippt bin, kam der sofort fachmännisch mit einer guten Flasche Kognak gelaufen und hat mir die an den Mund gesetzt.
Pat:	Eine Flasche Kognak, und was hast du gesagt?
Pit:	Bitte volltanken!

	Ich möchte zu gerne einmal wissen, wie du es immer wieder schaffst, so nette junge Mädchen in deine Wohnung zu kriegen, wenn deine Frau in Kur ist?!
Pat:	Ich erzähle denen einfach, ich hätte eine ganz tolle Videosammlung.
Pit:	Wie, und darauf fallen die rein?
Pat:	Na klar – immer!
Pit:	Mußt du denen denn nicht versprechen, nur die Videos zu gucken und weiter würde nichts passieren?
Pat:	Na klar, das verspreche ich immer!
Pit:	Ja aber, was machst du denn, wenn dem Mädchen die Videos nicht gefallen?
Pat:	Ganz einfach, dann ziehen wir uns wieder an und gehen ins Kino!

Pit:	Was erzählt man sich da? Du hast eine gutaussehende Frau als Vorgesetzte?
Pat:	Ja, ja, schon lange, schon über ein Jahr.
Pit:	Na, erzähl doch mal, wie kommst du denn mit ihr klar?
Pat:	Wie meinst du das?
Pit:	Ich meine, wie ist denn dein Verhältnis mit ihr?
Pat:	Verhältnis? Genau wie daheim, dreimal die Woche!

Ich möchte für unser Publikum zum Abschluß wieder ein kleines Gedicht vortragen.

Pit: Ach bitte, laß mich das doch machen!
Pat: Das fehlt uns noch! Das kannst du ja gar nicht. Dazu braucht man doch eine poetische Ader.
Pit: Also, so eine Ader habe ich, das weiß ich genau.
Pat: Also gut, ich gebe dir eine Chance. Paß auf, ich werde einen Vers von der Frau Wirtin vortragen, das heißt, nur einen Teil. Und du kannst dann deine poetische Ader beweisen und den Vers fertig reimen. O.k.?
Pit: Pat, ich danke dir, du wirst es nicht bereuen!
Pat: Na hoffentlich, also paß auf:
Frau Wirtin hatte einen Schotten,
dem half sie schnell aus den Klamotten,
denn jeder kann's verstehen ...
jetzt bist du dran, Pit!
Pit: ... daß eine Frau begierig ist,
nen Dudelsack zu sehen.

A l a a f !

Jupp, der Unpolitische

Büttenrede von Hans-Jürgen Loschek

Alaaf! Lieber hier bei euch frei rumlaufen, als in Hannover an der Leine.

Ja, diese norddeutschen Großstädte haben es in sich. In Hamburg auf der Reeperbahn hat man vorige Woche einen Sarg gefunden. Keiner konnte ihn öffnen – war 'n Zuhälter drin.

Auf der Reeperbahn hat mich neulich auch eine junge Frau angehalten: „Kannst du nicht grüßen, Jupp? Dreimal habe ich schon nach dir gerufen. Ich bin doch deine Mutter!" Ich sage: „Du meine Mutter! Nee, meine Mutter ist fast siebzig Jahre alt und keine dreißig so wie du!" Meint die Frau: „Doch, Jupp, ich bin deine Mutter, ich habe mich liften lassen!" Ich frage: „Und wer ist der Kleine an deiner Hand?" Sagt die doch tatsächlich: „Das ist der Papa, den haben se versaut!"

Von der Reeperbahn aus bin ich dann ins Volksparkstadion gegangen, zum HSV. Stadion ausverkauft, ich mittendrin und dann ging's los. Als es ganz schlimm war, habe ich meinen Hintermann gefragt: „Kann ich mal durch zur Toilette?" Sagt der: „Hier gibt's keine Toiletten!" Ich antworte ihm: „Doch, steht ja an der großen Tafel da!" Schüttelt der den Kopf und meint: „Das ist doch das Halbzeitergebnis! Wenn's nicht anders geht, dann pinkeln Sie doch Ihrem Vordermann in die Tasche!" Ich sage: „Und wenn der das merkt?" Meint der: „Haben Sie's denn gemerkt?"

Apropos Pinkeln! Unser Nachbarsjunge strullte doch tatsächlich dieser Tage in den Tank meines Sechszylinders! Brülle ich den an: „Mensch, Junge! Das ist doch nicht normal!" Lachte der und sagte: „Nein, Super!"

Hin und wieder, wenn z. B. ein Arztbesuch ansteht, gehe ich in die Sauna (gemischt). Mann, habe ich dort eine Blondine getroffen!

Karosserie, Fahrgestell, Nebelhörner, alles erste Klasse! Ich gleich hin und stelle mich vor: „Gestatten, Jupp Quakenkötter!" Meint sie: „Angenehm, Adelheid Frommeier!" Ich antworte: „Freut mich!" Sagt die: „Das sieht man!"

Mein Arzt fragte mich dann nachmittags: „Wissen Sie eigentlich, daß Sie eine Armbanduhr im Magen haben?" Ich antworte: „Ja, Herr Doktor." Meint der ganz erstaunt: „Und – haben Sie keine Schwierigkeiten?" Ich sage: „Doch, Herr Doktor, beim Aufziehen!"

Fragt der Doktor weiter: „Woher haben Sie denn die Verletzungen an den Innenseiten Ihrer Oberschenkel, Herr Quakenkötter?" Meine Antwort: „Ich bin ne Schranke hochgeklettert, um sie zu messen!" Meint der: „Da können Sie doch warten, bis die Schranke unten war!" Ich sage: „Nee, nee, Herr Doktor, ich brauchte die Höhe, nicht die Breite!"

Der Arzt hatte überhaupt so blöde Fragen. Wollte er wissen: „Rauchen Sie, Herr Quakenkötter?" Ich sage: „Ja, Herr Doktor." „Und wieviel?" Ich sage: „Na, so achtzig Stück am Tag." Meint der: „Mensch, da müssen Sie ja von morgens bis abends qualmen!" Darauf ich: „Nein, nur bis Mittag!" Fragt der: „Und was machen Sie bis Abend?" Ich sage: „Husten!"

Nach dem Praxisbesuch traf ich Hannes: „Na, Jupp, weißt du eigentlich, woran man englische Flugzeuge erkennt?" Ich sage: „Natürlich, die fliegen immer links!"

Dann habe ich noch zu ihm gesagt: „Mensch, Hannes, was du immer mit der Fliegerei hast. Mein Vater hat im letzten Krieg mit zehn Liter Benzin ein U-Boot versenkt!" Lacht der und sagt: „Ja, Jupp, und mein Vater hat mit ner Mistgabel nen Flieger runtergeholt." Ich frage ganz erstaunt: „Vom Himmel?" Antwortet der: „Nee, von meiner Schwester!"

Ich wollte schon gehen, da fragt der mich noch: „Sag mal, Jupp, läßt du dich eigentlich auch für das Gemeindeparlament aufstellen?" Ich winke ab: „Nee, Hannes, Politiker sind mir am liebsten auf Wahlplakaten: Tragbar – geräuschlos – leicht zu entfernen!"

Ja, Politiker sind sensibel wie zarte Rehe, – oder wie heißen die grauen Tiere mit dem großen Rüssel?

Übrigens hat man jetzt Erfolg gehabt mit der Kreuzung von Specht und Storch. Das Tier heißt Sporch – und er klopft an, wenn er die Kinder bringt.

Apropos Tiere! Neulich hat mein Freund Hannes ne riesige Wildgans geschossen – ja, die trug das Etikett: Deutsche Lufthansa!

Bei diesem Mordsschuß hatte sich der Lauf seiner Zwillingsflinte verbogen. „Komm, Hannes", sagte ich, „ich biege dir den Lauf wieder gerade und wenn ich in die Mündung gucke, dann läßt du so ganz langsam zwei Schuß kommen."

Nicht mit der Zwillingsflinte, sondern mit ner Angel sind Hannes und ich nach Afrika gefahren, um Krokodile zu fangen, weil die Krokodilschuhe hier bei uns so teuer sind. Das war vielleicht langweilig! Als wir schon zwanzig gefangene Krokodile am Ufer liegen hatten, sagte mein Freund Hannes ganz unwirsch: „Du, Jupp, also ich fahre jetzt nach Hause, wenn das nächste Krokodil auch keine Schuhe an hat!"

> Auf gradem Wege von Afrika
> war heut der Jupp mal wieder da.
> Von Politik und Arztbesuch
> habt ihr jetzt sicherlich genug.
> Erhebet euch – stimmt mit mir ein
> in Schunkellieder vom herrlichen Rhein.
> Und weiter geht die Super-Sause,
> wir machen durch – ganz ohne Pause.
> Ein großes Bier ich nun verzische,
> sagt Jupp, der Unpolitische.
>
> Alaaf!

Mariechen

Damen-Büttenrede von Heidi Spies

Ist das ein Kampf jeden Morgen mit der Schule! Man kann machen, was man will, alles verkehrt! Die Lehrer spielen sich vielleicht auf, dabei sollen die doch froh sein, daß sie überhaupt einen Job haben!

Jetzt mußte ich zu unserem Klassenlehrer. Fragt der mich: „Marie, mir ist in letzter Zeit aufgefallen, daß du ununterbrochen an deinen Fingernägeln kaust. Hast du vielleicht Probleme?" Ich gucke den an und sage: „Ja!" Meint der: „Nun, magst du mit mir darüber sprechen? Was sind das denn für Probleme?" Ich sage: „Zu lange Fingernägel!"

Da hat der mich aus dem Lehrerzimmer rausgeschmissen. Ich höre gerade noch, wie sich zwei andere Lehrer über den Ostermanns Benno auslassen: „Ich glaube, der kommt aus einer Studentenehe", meint der eine. „Wie kommen Sie denn darauf?" fragt ihn der andere. Darauf der erste: „Naja, der spricht nie von seiner Mutter oder seinem Vater, sondern immer nur von seiner Bezugsperson."

Der Benno ist bei mir in der Klasse. Neulich zeigte der wie wild auf. Der Lehrer nimmt den dran und der Benno meint: „Ich habe eine Intelligenzfrage für Sie, Herr Lehrer: „Warum kann es in London nicht frieren?" Meint der: „Erzähl doch keinen Unsinn, natürlich friert es in London." Sagt der Benno: „Nein, das geht nicht, die haben doch den ‚Tauer'."

Vorigen Sommer ist mein kleiner Bruder, das Fritzchen, in die Schule gekommen. Ehrlich, der Lehrer tut mir leid! Ich sage am ersten Schultag: „Nun benimm dich gefälligst und blamier mich nicht." Nachher frage ich ihn: „Na, warst du auch brav?" Meint er: „Klar, was kann man schon anstellen, wenn man die ganze Zeit in der Ecke stehen muß!"

Als der seine Schultüte inspizierte, zieht er ein kleines Segelschiff heraus und meint zu unserer Mama: „Damit willst du mich ja nur in die Badewanne locken."

Zack, hat er einen Kaugummi ausgespuckt. „Fritz", ruft die Mama empört, „was soll denn das?" Meint der Kleine: „Das habe ich heute in der Schule gelernt." Sagt meine Mutter: „Du willst mir doch nicht weismachen, euer Lehrer hätte euch erlaubt, Kaugummis in die Gegend zu spucken." Antwortet das Fritzchen: „Doch, der hat zu mir gesagt: ‚Das kannst du bei euch zu Hause machen'!"

Jetzt mußte er aufschreiben, wie Tiere geboren werden. Hat er aufgezählt: Die Kuh kalbt, die Stute fohlt, das Schaf lammt und der Vogel eiert...

Fing er an zu philosophieren: „Nein, also ich heirate nie!" Ich frage ihn: „Warum das denn nicht?" Meint er: „Da kriegt man Kinder und die nehmen mir dann die Spielsachen weg."

Zum Geburtstag habe ich mir eine Super-Pop-Platte gewünscht. Der Papa hat sie mir auch tatsächlich geschenkt. Als ich ihm die vorspiele, frage ich ihn: „Papa, hast du so was Irres schon einmal gehört?" Meint der: „Doch, vor Jahren. Da sind zwei Güterzüge zusammengerammt. In dem einen waren leere Milchkannen und in dem anderen grunzende Schweine."

Im Sommer haben wir eine Klassenfahrt in die DDR gemacht. Der Lehrer sagt: „Nun benehmt euch um Himmels willen!" Rein in den Bus und ab nach Leipzig. Dort angekommen, hatten wir zuerst einen fürchterlichen Durst. Wir also in den nächsten Selbstbedienungsladen. Ich gucke in die Regale und frage die Verkäuferin: „Haben Sie denn hier keine Coca Cola?" Meint die: „WIR haben kein Brot, keine Cola bekommst du nebenan."

Einen Tag mußten wir auch mal eine Schule besuchen. Als wenn wir nicht wüßten, daß Schule überall eine ganz gemeine Zumutung ist. Es hat nichts geholfen, wir mußten uns einen Morgen lang deren Unterricht anhören. Die waren alle krank. Es war mucksmäuschenstill in der Klasse. Denn ihr Lehrer meinte: „Nennt mir einen Sommermonat." Meldet sich einer und sagt: „November!" Wundert sich der Lehrer: „Wieso das denn?" Antwortet der Junge: „Ja, wir hatten im November Besuch aus der BRD, der brachte Äpfel mit. Äpfel gibt es nur im Sommer." Bekommt der Lehrer einen roten Kopf und meint: „Unsinn! Also, wer nennt mir einen Sommermonat?" Meldet sich ein anderer und sagt: „Dezember!" Brüllt der Lehrer: „Hast du denn den Verstand verloren! Wie kommst du denn darauf?" Meint der Junge: „Wir hatten im Dezember Besuch aus der BRD. Der brachte Tomaten mit. Tomaten gibt es nur im Sommer." Kriegt der Lehrer fast einen Schlag und schreit: „Nun hört auf mit den Beispielen aus dem kapitalistischen Ausland!" Jetzt zum letzten Mal: „Ein Sommermonat!" Wieder meldet sich einer und sagt: „Januar! Wir hatten im Januar Besuch aus Polen. Die trugen alle Sandalen!"

Wieder zu Hause und noch ein paar Tage und es kam die Stunde der Abrechnung: Zeugnisse! Als der Lehrer mir das Giftblatt überreicht, meint er auch noch: „Marie, deine Leistungen und dein Benehmen lassen zu wünschen übrig. Es ist an der Zeit, daß ich mit deinem Vater spreche." Mensch, hatte ich eine Wut! „Herr Lehrer", sage ich, „ich bin schließlich auch nicht mit Ihnen zufrieden. Aber habe ich mich jemals bei Ihren Eltern über Sie beschwert?"

Zu Hause war Alarmstufe drei. Die Mama war am heulen und der Papa am toben. Als die beiden sich etwas beruhigt hatten, frage ich die: „Was meint ihr denn, woran es bei mir liegen könnte: Erbfaktor oder Umwelteinflüsse?"

> Jedem, der wie ich noch die Schulbank drückt,
> dem rufe ich zu: Werde nur nicht verrückt!
> Ertrage die Lehrer, wie es auch sei,
> verlier nicht die Nerven, es geht alles vorbei!
>
> A l a a f !

Ein Mann aus dem Volke

Büttenrede von Willi Dingler

Seitdem ich mein neues Geschäft eröffnet habe, ist bei mir Hochbetrieb! Die Kundschaft tritt sich gegenseitig auf die Füße, und das nur, weil ich meinen Verkäuferinnen gesagt habe, sie sollen der Kundschaft alles zeigen, was sie haben!

Wenn es bloß mit meiner Wohnung so klappen würde, wie mit dem Geschäft! Bei der letzten Besichtigung einer neuen Wohnung meinte meine Frau: „Also, das Schlafzimmer ist ja sehr klein, da können wir die Betten aber nicht nebeneinander stellen." Meinte der Vermieter: „Och, dann stellen Sie eben das eine Bett an diese Wand und das andere Bett an die Wand gegenüber." Ich sage: „Lieber Mann. Ich muß schon dreimal am Tage mit der Straßenbahn umsteigen, das langt mir!"

Ich sage: „Ich würde die Wohnung ja trotzdem nehmen, aber meinen Sie nicht, daß der Musiklehrer von nebenan uns stört?" Versichert der mir: „Ach was, da können Sie unbesorgt sein. Der Mann hat zwölf Kinder. Die machen soviel Krach, daß sie von dem seiner Musik sowieso nichts mehr hören."

Im Treppenhaus begegnete uns doch eine Ente! Ich frage den Vermieter: „Wie kommt denn die Ente hier her?" Sagt der: „Das ist keine Ente, das ist der Klapperstorch, der hat sich bei Ihrem Nachbarn die Füße abgelaufen!"

Als wir so unterwegs waren, wollte sich meine Frau noch schnell ein paar Schuhe kaufen. Das war ein Theater! Sechsunddreißig Paar hat sie anprobiert! Endlich sagt sie: „Männi, jetzt habe ich die richtigen Schuhe. Die passen prima und sind so bequem." Ich sage: „Kein Wunder, du stehst ja auch in einem Schuhkarton!"

Habe ich mit ihr geschimpft: „Wie kann man nur so schlechte Augen haben! Du siehst ja auf zehn Meter keinen Möbelwagen! Du kaufst dir jetzt eine Brille und ich warte hier in dem Lokal auf dich." Nach einer Stunde kam sie mit dem Ding an, bestellt sich ein Bier, schnappt sich die Blumenvase und sagt: „Prost Männi, jetzt kann ich wieder alles sehen."

Weil ich mir auch ein paar Schuhe kaufen wollte, sind wir nochmals in ein Schuhgeschäft rein. Ich war gerade beim Anprobieren, da kommt einer rein, zieht seine Schuhe aus und ruft nach einer Verkäuferin. Die kommt mit ein paar Schuhen an, bückt sich und fällt prompt in Ohnmacht. Junge, hatte der vielleicht Schweißfüße! Dann kam der Chef selbst, aber dem wurde auch schlecht und sagte zu dem Kunden: „Wissen Sie was, ich schenke Ihnen ein paar Schuhe, aber Sie tun mir den Gefallen und gehen sofort wieder!" Der nimmt die Schuhe, steht auf, und wie er an der Tür ist, passiert dem doch etwas sehr Menschliches. Meint der: „Könnten Sie mir dafür vielleicht noch ein Döschen Schuhcreme geben?"

Als wir nach Hause kamen, war der Onkel Fritz da. Und weil der Pate von unserem Jüngsten ist, wollte er wissen, was der Junge später einmal werden will. Ich sage: „Soviel ich weiß, will der später ein höheres Bankfach einschlagen." Meinte der Onkel: „Auweia, das ist aber eine gefährliche Sache! Hoffentlich schnappen sie ihn nicht dabei!"

Dabei ist der Kleine schlauer als wir dachten. Neulich fragte er mich: „Papa, kann die Mama im Dunkeln sehen?" Ich sage: „Nein, mein Junge." Meint der Kleine ganz erstaunt: „Das muß sie aber doch! Als ich gestern im düsteren Keller war, da habe ich gehört, wie die Mama zu dem Gasmann gesagt hat: ‚Aber Emil, du bist ja schon wieder nicht rasiert!'"

Neulich sind wir nach Holland gefahren und haben uns da eine schöne fette Sau gekauft. Damit wir die gut durch den Zoll bekamen, haben wir der Sau eine Hose und eine Jacke angezogen, einen Hut auf den Schweinskopf gestülpt und sind losgefahren. Onkel Fritz fuhr mit der Sau vor, die Zöllner guckten in sein Auto und haben ihn fahren lassen. Das hatte also prima geklappt. Als die dann meinen Wagen kontrollierten, haben sie furchtbar gelacht. Ich frage: „Was ist denn los?" Meint einer der Zöllner: „Ach, das hätten sie mal sehen müssen! Da vorne in dem Wagen saß einer, der sah aus wie eine Sau!"

Abends sind wir groß ausgegangen. Kaum waren wir in dem Lokal, da sagte meine Frau: „Ich glaube, ich habe von dir einen Floh gefangen." Ich sage zu ihr: „Ich weiß gar nicht, was du willst! Du sagst doch immer, ich würde nichts springen lassen!"

Als wir gegen Mitternacht gingen, gab ich dem Ober ein Trinkgeld und sagte: „Hier hast du ein nagelneues Markstück." Da sagte der doch zu mir: „Es ist ja gut gemeint, mein Herr! Aber ein dreckiges altes Fünfmarkstück, das wäre mir lieber!"

Und der Portier war so nett! Der hatte schon eine Taxe bestellt, half meiner Frau in den Pelzmantel und meinte: „Ich wünsche Ihnen eine gute Heimfahrt!" Ich sage zu ihm: „Danke, und ich wünsche Ihnen keinen Ärger! Meine Frau hatte nämlich gar keinen Mantel bei sich."

Aber jetzt muß ich zum Finanzamt. Die haben mir geschrieben: „Auf Ihrer Steuererklärung vermissen wir das Vermögen Ihrer Frau." – Was ein Quatsch! Das vermisse ich schon seit meiner Hochzeit!

    Drum tut immer von Herzen lachen
    über den ewig jungen Kölschen Klaaf.
    Dann kann sich auch keiner über euch lustig machen!
    Der Mann aus dem Volke. – Köllen alaaf!

        A l a a f !

Tina und Stina

Damen-Zwiegespräch von Heinz Otten

Tina: Sag' mal Stina, hast du gestern die Bild-Zeitung gelesen?
Stina: Nein, wieso? Stand denn was Interessantes drin?
Tina: Und ob! – Du mußt jeden Tag Bild lesen, du kennst doch den Slogan ...
Stina: Slogan? – Nein, den Mann kenne ich nicht. Wo wohnt der denn?
Tina: Quatsch, das ist kein Mann. Slogan ist ein Werbespruch!
Stina: Was du nicht sagst! Und wie heißt der Spruch?
Tina: „Jeden Tag in Bild gelesen, überall dabei gewesen!"
Stina: Ach so, und das stand in der Bild-Zeitung?
Tina: Natürlich nicht! Da stand unter einer riesigen Überschrift, daß ein Mann beim Milchtrinken gestorben ist!
Stina: Das ist doch blühender Unsinn! Vom Milchtrinken stirbt man doch nicht!
Tina: Dieser Mann aber doch! Gerade als er trank, hat sich die Kuh auf ihn gelegt.

Vorige Woche hat mir übrigens ein sehr gut aussehender Vertreter das neue Waschmittel von ...
Stina: Pst, keine Werbung!
Tina: Na ja, ist ja auch egal, du weißt ja was ich meine. Also ganz scharf kann ich dir nur sagen!!
Stina: Was war scharf, der Vertreter?
Tina: Nein, das Waschmittel. Du hast aber auch nur Sex im Kopf! Also, das Mittel ist ungeheuer scharf. Das neue Hemd von meinem Mann ist schneeweiß geworden.
Stina: Na, ich weiß nicht!
Tina: Was weißt du nicht?
Stina: Rotkariert hat mir das Hemd besser gefallen.

	Aber mal was anderes. Ich bin unheimlich stolz auf meinen Mann, daß der so fit ist.
Tina:	Naja, wenn man als Frau keine hohen Ansprüche stellt.
Stina:	Von wegen keine Ansprüche! Wer hat, der hat! – Im übrigen ist mein Mann erst kürzlich in der Uni-Klinik von Kopf bis Fuß untersucht worden!
Tina:	Von Kopf bis Fuß?
Stina:	Natürlich, warum fragst du so eigenartig?
Tina:	Haben die auch wirklich seinen Kopf untersucht?
Stina:	Sag' ich doch! – Die haben sogar sein Gehirn geröntgt und absolut nichts gefunden!
Tina:	Siehste, das habe ich mir gedacht!
Stina:	Dein Mann ist doch auch untersucht worden!
Tina:	Jawohl! Weil er jetzt in die höhere Beamtenlaufbahn eingeschwenkt werden soll!
Stina:	Erzähl doch mal, was haben die Ärzte denn gesagt?
Tina:	Die haben gesagt, das Schlimmste hätte er schon hinter sich und für die gehobene Beamten-Laufbahn wäre das weiter nicht mehr von Belang.
Stina:	Das verstehe ich nicht. Was ist nicht von Belang?
Tina:	Naja, der Chefarzt meinte, an seiner Krankheit wären die meisten gestorben und der Rest wäre blöd geworden.
Stina:	Na, da hat dein Mann aber noch einmal Glück gehabt!
Tina:	Was ich fragen wollte, hat dein Mann eigentlich Phantasie?
Stina:	Wie meinst du das?
Tina:	Na, was stellt sich dein Mann denn z. B. unter einer schönen attraktiven Frau vor?
Stina:	Wie ich den kenne, ein französisches Bett?
Tina:	Was ich dir noch sagen wollte. Ich habe den Eindruck, daß ich jeden Tag schöner werde! – Wirklich!
Stina:	Ach, du übertreibst doch wieder mal maßlos!
Tina:	Na gut, aber dann jeden dritten Tag!

Stina:	Ist das nicht interessant, wie sich die Männer in einer Ehe negativ verändern?
Tina:	Wie meinst du das?
Stina:	Na, zum Beispiel meiner. Früher hat er mir alles erzählt, was er auf dem Herzen hatte.
Tina:	Ja und heute?
Stina:	Heute erzählt er nur noch von seiner geschwollenen Leber!
Tina:	Stell dir vor, Stina! Meine Kusine hat vierzehn Tage vor ihrer Hochzeit erfahren, daß ihr Verlobter sein ganzes Vermögen in einer Bar versoffen hat!
Stina:	Ja, gibt es denn so etwas! – Und trotzdem hat sie geheiratet?
Tina:	Natürlich, – aber den Barbesitzer!
Stina:	Unter uns gefragt, bist du eigentlich in der letzten Zeit nicht ein bißchen oft krank?
Tina:	Wie kommst du denn auf die Schnapsidee, ich wäre krank?
Stina:	Weil der symphatische, junge Doktor sehr oft bei dir ein- und ausgeht!
Tina:	So ein Quatsch! Bei dir ist jeden zweiten Tag der junge Leutnant zu Gast. Habe ich dich schon einmal gefragt, ob ein Krieg ausgebrochen ist?
Stina:	Stell dir doch mal vor, mein Mann hat beim internationalen Wettfischen in der Ostsee den ersten Preis gemacht!
Tina:	Na, das ist ja ein Hammer! Ich habe gar nicht gewußt, daß dein Mann eine Angelrute von einem Wanderstock unterscheiden kann.
Stina:	Du bist doch bloß neidisch, weil dein Mann nur ab und zu mal einen halbverhungerten Karpfen im Baggerloch fängt!
Tina:	Was hat dein Anglerkönig denn gefangen, daß er Sieger geworden ist?
Stina:	Wie der Fisch heißt, wissen wir noch nicht, aber als man den endlich an Land hatte, war die Ostsee um fünf Meter gefallen!

Tina:	Du lieber Himmel! War das etwa ein Riesenwal?
Stina:	Von wegen Riesenwal, den hatte er doch als Köder!
Tina:	Kannst du eigentlich Fremdsprachen? Englisch oder französisch?
Stina:	Das ist möglich.
Tina:	Wieso ist das möglich? Das muß man doch wissen!
Stina:	Wieso muß man das wissen? Ich habe es ja noch gar nicht probiert!
Tina:	Mein Mann hat neuerdings eine schreckliche Angewohnheit.
Stina:	Ach ja? Was ist es denn diesmal?
Tina:	Der geht keine Nacht vor zwei, drei Uhr ins Bett!
Stina:	Das ist ja wirklich ein starkes Stück! Wieso ist der denn so lange auf?
Tina:	Der steht am Fenster und wartet auf mich.
Stina:	Ich weiß nicht wieso, aber ich habe in den letzten Tagen oft so starke Kopfschmerzen. Ganz schlimm ist das!
Tina:	Ach weißt du, wenn ich mal starke Kopfschmerzen habe, dann lasse ich mich von meinem Mann ganz lieb und zärtlich in den Arm nehmen und streicheln und verwöhnen.
Stina:	Also, das ist eine gute Idee! – Und wann hat dein Mann mal etwas Zeit für mich?
Tina:	Das könnte dir so passen! Es ist eigentlich doch sehr schade, daß dein erster Mann so früh verstorben ist!
Stina:	Ja, ja, das sagt mein jetziger Mann auch immer.
Tina:	Wie steht es eigentlich mit der Hochzeit deiner Tochter?
Stina:	Ach, das ist ein Kapitel für sich.
Tina:	Wie darf ich das verstehen?
Stina:	Ja so: Meine Tochter will unbedingt eine Riesenhochzeit mit allem Drum und Dran! Verstehst du?
Tina:	Selbstverständlich! Und was will der Bräutigam?
Stina:	Am liebsten gar keine!

Tina:	Was habe ich gehört, ihr habt euch einen Schäferhund zugelegt?
Stina:	Ja, ein schönes großes Tier. *(Zeigt ca. 1,50 m).*
Tina:	Na hör' mal, so groß? Mag der denn überhaupt kleine Kinder?
Stina:	Kleine Kinder? – Das weiß ich nicht. Von mir kriegt der nur Chappi!
Tina:	Ist das nicht ulkig? Mein Mann träumt jede Nacht davon, auch fünfhunderttausend Mark im Jahr zu verdienen, genau wie sein Vater!
Stina:	Wie denn? Was denn? – Dein Schwiegervater verdient im Jahr eine halbe Million?!
Tina:	Das nicht, aber der träumt auch davon!
Stina:	Mein Bruder ist jetzt übrigens auf der Universität!
Tina:	Willst du mich auf den Arm nehmen? Dein Bruder war doch zu doof, um mit einem Esel zu tanzen. Und jetzt soll der auf der Uni sein?
Stina:	Jawohl, mein Bruder ist auf der Uni!
Tina:	So, so, und was studiert dein Herr Bruder?
Stina:	Gar nichts, der deckt mit das Dach neu.
Tina:	Was erzählt man sich von dir? Du hättest auf dem letzten Betriebsausflug dem Chef deines Mannes eine Szene gemacht, nur weil der dich etwas unkeusch angefaßt hat?
Stina:	Jecke, Szene?! – Ich habe diesem Mieselpriem vier Zähne ausgeschlagen!
Tina:	Mein Gott, bist du brutal! Wie kannst du dem armen Kerl denn vier Zähne ausschlagen?
Stina:	Der hatte ja nicht mehr!

A l a a f !

Ein Straßenbahner

Büttenrede von Franz Unrein

Glauben Sie nur nicht, daß bei uns an der Stadt ohne Prüfung einer einen fahren lassen darf!

Die Prüfung war für mich einfach. Die erste Frage lautete: „Was ist ein Prellbock?" Ich sage: „Das ist jemand, der im Freudenhaus nicht bezahlt hat."

Dann fragte der Prüfer mich: „Welcher Bus fuhr als erster über das große Meer?" Ich sage: „Das war der Kolumbus."

Damit hatte ich bestanden und wurde auf die Menschheit losgelassen. Am ersten Tag hatte ich Dienst auf der Linie 11. Da schmuste doch einer der Fahrgäste mit ner jungen Frau! Ich sage: „Das gibt es aber hier nicht!" Meint der: „Wieso? Ich denke, wir sind hier auf einem Triebwagen?"

Ein anderer schimpfte: „Diese heutige Jugend! Keiner macht Platz für die Alten." Ich sage: „Sie haben doch einen Sitzplatz." Meint der: „Ich schon, aber meine Frau muß seit zwanzig Minuten stehen."

An der nächsten Haltestelle steigt eine sexy gerundete Dame ein und setzt sich neben einen älteren Herrn. „Oh Verzeihung", ruft sie, „beinahe hätte ich mich auf ihre Brille gesetzt." Meint der: „Das wäre nicht schlimm gewesen, die hat schon ganz andere Sachen gesehen."

Am Botanischen Garten fragte mich ein Schotte: „Was kostet eine Fahrt zum Bahnhof?" Ich sage: „Zweimarkfünfzig." Meint der: „Und das Gepäck?" Ich sage: „Das ist frei." Sagt der doch tatsächlich: „Gut, dann fahren Sie das Gepäck, ich komme zu Fuß nach."

Samstag hatte ich eine Fahrt zum Stadion: 1. FC Köln gegen Fortuna Düsseldorf *(Ortsvereine einsetzen!)*. Meinte ein Fußballfan: „Herr Schaffner, kennen Sie den Unterschied zwischen einer Straßenbahn und der Fortuna Düsseldorf?" Ich sage: „Nein, den kenne ich nicht." Meinte der: „Die Straßenbahn hat mehr Anhänger!"

Einmal wäre mir fast der Kragen geplatzt. Sitzt ein Mann mit fünf Kindern in der Bahn. Ein Geschrei und Gejohle! Ich dahin und sage: „Wenn Sie nicht augenblicklich für Ruhe sorgen, dann passiert was!" Meint der Vater: „Ach, lieber Mann, mein Kleinster hat gerade in die Hose gemacht, der Peter hat unsere Fahrscheine verschluckt, meine Frau ist beim Umsteigen mit einem fremden Kerl durchgebrannt und gerade merke ich, daß wir in der falschen Bahn sitzen. – Was kann mir da noch passieren?!"

Montag fing die Woche gut an! Weil ein Busfahrer krank war, sollte ich den Busfahrer machen. Aber nach einer Stunde landete ich an einem Baum. Der Polizist fragte mich: „Wie konnte das denn passieren?" Ich sage: „Das weiß ich auch nicht, wie das geschah. Ich war gerade hinten zum Kassieren."

Ein Freund, der auch bei der Straßenbahn arbeitet, wollte mich auf den Arm nehmen. „Stell dir vor", sagte er, „bei mir fährt seit zwei Monaten einer schwarz!" Ich sage: „Warum habt ihr den dann noch nicht angezeigt?" Meint er: „Das geht doch nicht, das ist ja ein Neger!"

Am anderen Morgen mußte ich zu meinem Chef. Meinte der: „Sie sind offenbar nicht geeignet, einen Bus zu fahren. Sie haben in einer Woche drei Fußgänger überfahren." Ich sage: „Wieviel darf man denn maximal?"

An dem Abend konnte ich erst spät einschlafen und hatte einen schrecklichen Traum: Ich war mit unserem Pfarrer an der Himmelstür. Petrus macht auf und läßt mich ein, den Pfarrer läßt er draußen. „Warum läßt du mich nicht herein?" ruft der Pfarrer. Sagt Petrus: „Schau, wenn du in der Kirche gepredigt hast, haben die Leute geschlafen! Aber wenn der hier am Lenkrad saß, haben die Leute gebetet."

A l a a f !